库切
文集

青春
YOUTH

〔南非〕
J.M.库切 著
J.M. Coetzee

于是 译

J. M. Coetzee
YOUTH

Copyright © J. M. Coetzee, 2002
Youth has been revised for this edition.
By arrangement with
Peter Lampack Agency, Inc.
350 Fifth Avenue, Suite 5300
New York, NY 10118 USA.
All rights are reserved by the proprietor throughout the world.

图书在版编目(CIP)数据

青春／(南非)J.M.库切著；于是译. -- 北京：人民文学出版社, 2023
(库切文集)
ISBN 978-7-02-018230-5

Ⅰ. ①青… Ⅱ. ①J… ②于… Ⅲ. ①自传体小说-南非共和国-现代 Ⅳ. ①I478.45

中国国家版本馆CIP数据核字(2023)第174580号

责任编辑　马冬冬
装帧设计　刘　远
责任印制　张　娜

出版发行　人民文学出版社
社　　址　北京市朝内大街166号
邮政编码　100705

印　　刷　北京盛通印刷股份有限公司
经　　销　全国新华书店等

字　　数　102千字
开　　本　850毫米×1168毫米　1/32
印　　张　5.875　插页1
印　　数　1—5000
版　　次　2023年10月北京第1版
印　　次　2023年10月第1次印刷

书　　号　978-7-02-018230-5
定　　价　68.00元

如有印装质量问题，请与本社图书销售中心调换。电话：010-65233595

想了解诗人的人
必须去诗人的国度。

——歌德

一

他住在莫布雷火车站附近的单间公寓,月租十一畿尼。他会在每个月的最后一个工作日搭火车进城,去环街的利维兄弟房产中介,那个小办公室的门口钉着黄铜标牌。他会把装有房租的信封交给兄弟中的弟弟。利维先生会把钱币全部倒出来,在堆得乱七八糟的办公桌上清点一遍。他会嘟嘟哝哝地写好收据,满头冒汗。"好啦①,年轻人!"他把收据递给他时会说法语,还要挥一挥那张纸。

不能拖沓交租,他为此费尽心机,因为他是用假身份租下这间屋的。签租约并交付押金给利维兄弟中介公司时,他在职业一栏填写的不是"学生",而是"图书管理员",在工作单位地址一栏写的也是大学图书馆。

这不算谎言,不完全是。从周一到周五,他的职责就是监管夜间阅览室。正式员工们都不愿意值夜班,尤其是大部分女性员工,因为校园坐落在山坡上,入夜后太冷清了,几乎荒僻无人。即便是他,打开后门、在漆黑的走廊里摸索着走到电源总闸那儿时也会后背发凉。要是有坏人躲在书

---

① 原文为法语。(若无特别说明,下文注释均为译者注。)

架间,等日班职员五点下班后洗劫空无一人的办公室,再在黑暗里伏击来值夜班的他,夺走钥匙,岂不是易如反掌?

只有极少数学生会在晚上来图书馆;根本没几个人知道图书馆晚上也开放。没什么事要他做。但他每晚能挣十先令,这钱很好赚。

有时,他会幻想一袭白裙的漂亮姑娘悠然走进阅览室,闭馆时间已过,她仍魂不守舍地流连不去;在幻想中,他带她走进秘不示人的装订室和目录室,再和她一起走进星光夜色。这种事从未发生过。

他要打的工不只是在图书馆值夜班。每周三下午,他协助辅导数学系一年级学生(每周能挣三英镑);每周五,他用莎士比亚喜剧选本指导戏剧专科学生(两英镑十先令);傍晚还要去龙德博斯区的补习班,辅导一群笨蛋应付大学入学考试(每小时三先令)。寒暑假,他去市政局(公共住房部)做临时工,统计住户调研表中的数据。总而言之,他的小日子过得不赖——只要把赚来的散钱满打满算,就足够付房租、交学费,温饱之外还能有些存余。尽管他年仅十九岁,却已能自食其力,不用依靠任何人。

他用简易、实用的方式应对身体的需要。每周日,他会用豆子、芹菜和肉骨头炖一大锅汤,吃一星期都够了。每周五,他去盐河市场买一盒苹果或番石榴,或任何当季水果。每天早晨,送奶工会在他门口放一品脱牛奶。如果喝不完,他会把牛奶倒进旧尼龙袜里,吊在水槽上方,等它变成奶酪。再有就是去街角小店买面包。他的食谱准能获得卢梭的赞许,还有柏拉图。至于衣服,他有一件不错的外套和几条长裤是上课穿的。别的场合里,他就穿旧衣服。

他在证明一点:每个人都是一座岛,你不需要父母。

有些夜里,他穿着雨衣、短裤和凉鞋从主街大步走过,雨水打湿的头发贴在头皮上,被驶过的车灯照亮,他会意识到自己看起来很奇怪。不是说怪异(怪异倒还有点独特的醒目之处),只是怪。他就懊恼地咬着牙,走得更快些。

他的身材瘦长,四肢动起来很松弛,但也显得绵软无力。他当然想成为有魅力的人,但他知道自己不行。他缺少某种重要的东西,五官轮廓不够清晰。他的脸上仍有孩子气。还要过多久,他才不再是孩子?什么才将治好他的孩子气,让他变成男人?

如果真有什么会来拯救他,那就将是爱情。他也许不信上帝,但他信仰爱和爱的力量。那个命中注定的爱人会一眼看穿他怪里怪气甚而呆板的外表,看到他内心燃烧的烈火。呆板的怪模样只是要煎熬的一部分,为了有朝一日能沐浴在光明——爱情之光、艺术之光——之中,他必须熬过层层苦难。因为他将成为艺术家,这事儿早就定了。如果说他在眼下这个阶段只能是面目含糊又滑稽的,正是因为这就是艺术家的宿命,必须忍耐无名的晦暗、旁人的奚落,直到有朝一日他展露出真正的实力,讥讽和嘲笑才会消停。

凉鞋花了他两先令六便士。橡胶的,在非洲的某个地方制造的,有可能是尼亚萨兰。鞋子湿了就不跟脚了。在开普敦,冬雨会一连下数周。走在雨中的主街时,他常常不得不停下来,把滑脱的凉鞋钩回来。这种时候,他总能看到坐在私家车里驶过的开普敦中产阶级的胖子们咯咯地笑。笑吧！他会在心里说。我很快就要离开这里了！

他最要好的朋友是保罗，和他一样学数学。保罗个子高、黑皮肤，正在和一个比他年长的女人谈恋爱，她叫埃莉诺·劳恩埃，娇小、金发，有种敏捷又轻快的美。保罗抱怨埃莉诺喜怒无常，让人捉摸不定，还抱怨她予取予求。他倒是很羡慕保罗。要是他有个又漂亮又世故、用烟嘴吸烟、会说法语的情人，他敢肯定，自己很快就能被改变，甚而焕然一新。

埃莉诺和孪生姐妹生于英格兰，十五岁时才被带到南非，那已是战后。据保罗说，埃莉诺说她们的母亲总是偏疼一方，先溺爱又嘉许这个，再转头溺爱又嘉许那个，害得姐妹俩失和，不明就里，因此很依赖她。埃莉诺是姐妹俩中较为坚强的那个，保持了理智，但她仍会在睡梦中哭泣，抽屉里还藏着一只泰迪熊。她的孪生姐妹就不行了，有一阵子疯狂到要被关起来的地步。直到现在还在接受治疗，仍在和死去的老妇人的幽灵缠斗不休。

埃莉诺在城里的一所语言学校里教书。和她交往之后，保罗就融入了她的圈子：由一群住在公园区的艺术家、知识分子组成的小圈子，他们都穿黑毛衣、牛仔裤、系带凉鞋，喝劣质红酒，抽法国高卢牌香烟，引用加缪[①]和加西

[①] Albert Camus(1913—1960)，1957年诺贝尔文学奖获得者，法国小说家、戏剧家、评论家、哲学家，存在主义文学、"荒诞哲学"的代表人物。代表作有《局外人》《鼠疫》等。

亚·洛尔卡①的金句,听新潮的爵士乐。有个人会弹西班牙吉他,只要有人怂恿,他就愿意模仿一段弗拉门戈悲歌。他们都没有正经的工作,所以熬夜到很晚,中午才睡醒。他们憎恶南非国民党人,但并不热衷于政治。他们说,只要有钱,他们会永远离开蒙昧的南非,搬到巴黎蒙马特或巴利阿里群岛去。

保罗和埃莉诺带他参加过一次聚会,在克利夫海滨的独栋平层小屋里。埃莉诺的姐妹也在,就是他早有耳闻情绪不太稳定的那一个。据保罗说,她正在和小屋的主人交往,那个男人气色红润,为《好望角时报》写文章。

埃莉诺的姐妹叫杰奎琳。她的个子比埃莉诺高,五官不如埃莉诺精致,但还是很漂亮的。她精力旺盛得有点神经质,一根接一根地抽烟,讲话时会打很多手势。他和她相处得很好。她不像埃莉诺那么刻薄,这让他如释重负。刻薄的人会让他心神不安。他会怀疑那些人在他背后取笑他。

杰奎琳提议去海边走走。在月光下手拉着手(这到底是怎么发生的?),他们在海滩上走了很长一段。走到岩石间的隐蔽之处时,她转身面对他,嘟起嘴唇,向他索吻。

他吻了,但很不自在。这种事要如何继续?他以前没有和比自己年长的女人做过爱。万一他不能达标呢?

结果,他发现这种事只会一做到底。他毫不抵抗地顺从了,尽其所能,完成所有步骤,甚至在最后关头假装自己

---

① Federico García Lorca(1898—1936),二十世纪最伟大的西班牙诗人。

忘乎所以。

事实上,他没有激动到那种程度。不只是沙子烦人,到处钻,还有个疑惑也很烦人,为什么这个素昧平生的女人要把自己给他呢?他能不能相信,那是因为她在闲聊的过程里觉察到了燃烧在他心底、无人知晓的火焰,那将他标注为艺术家的那团火?或者,她就是个色情狂,保罗提到她"仍在治疗"时正是想要婉转地警告他这一点?

对于性,他并非完全一无所知。如果男人不能在做爱时享受到乐趣,那么,女人也享受不到——这一点,所谓性爱规则之一,他是知道的。但是,对搞砸了的男女而言,以后会怎么样呢?只要他们再次碰面,是不是必定会想起当时的失败,因而尴尬万分?

夜已深,寒意渐重。他们在沉默中穿好衣服,走回小屋,聚会已近散场。杰奎琳拿上自己的鞋和包。她向主人道别,"晚安",在他脸颊上轻吻了一下。

"你这就走吗?"主人问道。

"是的,约翰可以搭我的车回家。"

主人完全没有流露出尴尬的表情。"那就祝你们愉快,"他说,"你们俩。"

杰奎琳是护士。他从没和护士好过,但有一种观点是众所周知的,护士是和患者、垂死的人打交道,照顾病患身体的需要,看惯了世态炎凉,渐而在道德观上有所不恭。医学院的学生们都很期待在医院里值夜班。他们说,护士们在性方面都是饥渴难耐的。她们要性交是不分时间地点的。

不过,杰奎琳不是普通的护士。她一开始就告诉他了,她是从盖伊出来的护士,曾在伦敦的盖伊医院接受过助产士培训。在她那件有红色肩襻的束腰长外套的胸襟上,别着一枚小小的黄铜徽章,上面有头盔和金属护手,还有一句励志的拉丁文座右铭:*PER ARDUA*。她可不是在格鲁特·舒尔公立医院上班的护士,而是在一所私立疗养院,薪水更高。

克利夫海滩事件过去两天后,他给护士宿舍打了电话。杰奎琳在大门口等他,一身出门的打扮,所以他们没有耽搁就走了。楼上的一扇窗户里伸出很多脑袋,低头盯着他们看;他感觉得到那些护士都在好奇地打量他。对三十多岁的女人而言,他太年轻了,显然是太年轻了;而且,他穿着灰扑扑的衣服,没有车,一看就不是什么抢手货。

不出一星期,杰奎琳就搬出了护士宿舍,搬进了他的公寓。回想起来,他不记得自己邀请过她,只不过没能拒绝。

他从没和别人一起住过,尤其是和女人、和情人同居。即便在孩提时代,他就有可以上锁的自己的房间。莫布雷的公寓只有一个长条形的房间,进门后的走道直通厨房和卫生间。他要怎样熬下去呢?

他尝试用扫榻相迎的姿态对待这位不请自来的新同居者,尽量把空间腾出来给她用。但不出几天,他就开始厌恶凌乱堆积的盒子和箱子、到处乱扔的衣物、一团乱的卫生间。他听到突突响的小摩托就会犯怵,因为那表示杰奎琳下日班回家了。他们仍会做爱,但彼此的话越来越少,他会一直坐在书桌前,假装聚精会神地看书,她就在房间里走来走去,没人搭理,叹着气,一根接一根地抽烟。

她总是叹气。那就是她神经衰弱的表现方式,假如叹气、感觉疲惫、时而默默哭泣就是神经症的话。他们初次见面时的活力、笑声和魄力渐衰渐减,乃至尽失。那天夜里的欢愉不过是打破愁云的片刻间歇,似乎只是酒精的后劲儿,甚或杰奎琳的刻意表演。

他们共枕于一张单人床。在床上,杰奎琳不停地讲那些利用过她的男人,讲那些试图操控她思想、把她变成傀儡的心理治疗师。他想知道,他算是那些男人中的一个吗?他在利用她吗?她会不会对另一个男人抱怨他?她讲个不停,但他睡了过去,早上憔悴地醒来。

无论用什么标准去看,杰奎琳都很迷人,他配不上这样迷人、成熟又世故的女人。说白了,要不是和孪生姐妹暗自较劲儿,她才不会和他同床共枕。在她们的棋局里,他只是一枚卒子,而这场对峙在他出现前很久就开始了——这绝对不是他的错觉。不过,他是被垂青的那个人,他不该质疑自己的运气。是他,和一个年长自己十岁的女人同居一室,一个阅人无数的女人:在盖伊医院的那一小段时期里,(她说)她就睡过了英国人、法国人、意大利人,甚至还有个波斯人。就算他无法声张自己这是被爱了,那至少也得了个机会,能让他在情色领域长长见识。

他希望是如此。但在疗养院上完十二小时的班,再吃一顿白酱花菜晚餐,再过一个郁郁寡欢的沉闷夜晚,杰奎琳不太可能再慷慨奉献。就算是拥抱他,她也很敷衍;要不是为了性,还有什么原因能让两个陌生人一起关在这么一个局促又不舒适的生存空间里呢?

有一天他不在家,杰奎琳翻到了他的日记本,看到了他记述他们同居生活的段落,事情就到了一发不可收的地步。他一回家就发现她在收拾行李。

"这是要干吗?"他问。

她指了指摊放在他书桌上的日记本,一声不吭。

他一下子就火了。"你别想阻止我写东西!"他郑重其事地说了一句。他知道,这句宣言很不合时宜。

她也很气愤,但气得更冷静、更深藏不露。"如果像你写的那样,你觉得我是那样难以言喻的负担,"她说道,"如果我是在毁掉你的安宁、你的清净、你写作的能力,那我也要站在我的立场上告诉你,我一直都很讨厌和你同住,每分每秒都讨厌,我等不及要走,要自由自在。"

他应该对她说的是:谁都不该偷看别人的隐私手记。实际上,他还应该把自己的日记本藏好,而不是搁在她轻易就能找到的地方。但事已至此,覆水难收,说什么都太晚了。

他眼看着杰奎琳打好包,还帮她把包裹捆在小摩托的后座上。"我先留着钥匙,你要允许我这么做,等我把剩下的行李搬走再还你。"她说完,猛地戴上头盔。"再见。我真的对你很失望,约翰。你可能非常聪明——反正我没机会了解这一点——但你在很多方面都很不成熟。"她踢了踢起动踏板。没发动起来。她又踢一下,再踢了一下。空气中泛起一股汽油味。汽化器里汪了油,没别的办法,只能等它干。他提议说:"进屋吧。"她面无表情地拒绝了。他又说:"我为这一切感到遗憾。"

他走进屋,留她一个人在巷子里。五分钟后,他听到马达发动了,小摩托轰鸣着远去了。

他感到遗憾吗?当然,他对杰奎琳看到了他写的东西深表遗憾。但真正的问题在于:他写那些东西的动因是什么?也许就是因为她应该读到那些,他才写的?在她必定会发现的地方留下他真切的感想,就等于把他怯于当面对她讲的话告诉她了,这算是他特有的方式吗?说到底,他的真切感想是什么呢?有些日子里他觉得很幸福,甚至有优越感,因为他和一个美丽的女人同居着,或者说,他至少不是独自生活的。但在另一些日子里他的感觉就不一样了。所谓的真切,是说幸福,还是不幸福,还是两者的中和?

什么该被允许写进日记,什么该永远被封存,这个问题直指他所有写作的核心所在。如果他要进行自我审查,去除卑贱的情绪——因自己的公寓被人侵犯而心有怨怒,或因自己当不好情人而备感羞耻——那么,那些情感怎么能被转换、再化为诗歌呢?如果诗歌不能履行让他从卑贱升华到高贵的作用,那又何必去折腾诗歌呢?更何况,谁能说他写在日记里的情感就是他真切的所思所感?谁能说在笔尖滑动的每一刻他都是真实的自己?这一刻,他可能是真实的自我,下一刻,他就可能在虚构。他怎么能确定呢?甚至该问:他为什么想要确凿地知道虚实呢?

表里如一的事情少之又少:他本该对杰奎琳这样说的。但就算说了,她能领会的概率又有多大?那些卑鄙的描述是那么逼真,酷似她自己的怀疑:怀疑她身边的人并不爱她,甚至不喜欢她,她又怎么可能相信她在他的日记本里读到的那些并非真相,不光彩的真相,并非她的伴侣在那些充满静默和哀叹的沉重的夜里的所思所想,而恰恰相反,是虚构的文本,是可能成为小说的众多素材之一,只有从艺术创造的层面去说才算真实——忠于创作本身的真实,忠于艺术自身固有的目的?

杰奎琳不会相信他的,原因很简单:连他自己都不信。他不知道自己相信什么。他时常认为自己什么都不信。但事实毕竟是明摆着的,他第一次尝试和女人同居就以失败告终,很不体面。他必须回到独自生活的状态;那倒是挺让人轻松的。但他不能永远单身生活。要有情人,这是艺术家的生活的一部分:就算他如愿以偿躲开婚姻的陷阱,他也要摸索出和女人共同生活的方法。艺术不可以只从贫乏的孤独、渴望和寂寞中获取滋养。还必须有亲密关系、激情、爱。

毕加索,伟大的艺术家,大概算得上最伟大的艺术家了吧,他就是个活生生的例子。毕加索爱过很多女人,一个接一个。她们一个接一个地与他同居,和他一起生活,给他当模特。每个新情人都激发起他的热情,那些被机缘带到他门口的朵拉和皮拉因此得到新生,升华为永生的艺术。就是这么一回事。那他呢?他能保证他生活中的女人,不只是杰奎琳,还有所有想象不出来的未来的女人,会有毕加索的女人们那样的命运吗?他倒是很愿意相信事情会这样发展,但他有他的疑虑。他会不会成为伟大的艺术家,这只有时间才知道了,但有一件事是确凿的:他不是毕加索。他的整套感知力都有别于毕加索的。他更安静、更阴郁、更有北方的特质。他也没有毕加索那种能把人催眠的黑眼睛。就算他尝试转化一个女人,也不会像毕加索那样残酷地让她变形,折弯再扭曲她的身体,如同对待炽燃火炉里的金属条。作家终究不像画家,作家更顽固、更狡猾。

和艺术家们纠缠的女人们都有这种宿命吗:任由艺术家提炼出她们最坏的和最好的部分,全部用到虚构的作品里去?他想到了《战争与和平》中的埃莱娜。埃莱娜是从托尔斯泰的情人起步的吗?她会不会想到,远在她过世之后很久,还会有从未亲眼见过她的男人们贪慕她赤裸的香肩?

这一切必须如此残酷吗?必然会有一种同居的模式,能让男人和女人一起吃饭、一起睡觉、一起生活,但仍能沉浸于各自的内向探索。这是不是和杰奎琳的同居情事注定失败的根源:因为杰奎琳并非艺术家,她无法领会乃至认同艺术家对内心孤寂的需求?比方说,假设杰奎琳是个雕塑家,在公寓里辟出一角让她去凿刻大理石,再辟出另外一角让他和词句缠斗不休,爱情就会在他们之间兴盛起来吗?他和杰奎琳的故事是要说明这一点吗:艺术家最好只和艺术家恋爱?

二

和杰奎琳的情事已成往事。令人窒息地亲密相处几周后,他重新独自占据自己的公寓。他把杰奎琳的纸箱和行李箱堆在角落里,等她来拿。但没人来拿。反倒是杰奎琳在某天晚上亲自来了。她说她不会继续和他住下去("没法和你一起生活"),但她是来和解的("我不喜欢与人交恶,那会让我抑郁的"),要达成和解就先要和他上床,然后,在床上,就他在日记里写到她的内容做了一番长篇大论。她说啊说啊,他们直到凌晨两点才睡。

他醒得太晚了,赶不上八点的课了。自从杰奎琳进入他的生活后,这不是他第一次翘课了。他的学业落后了,也看不出来怎样才能赶上。在大学的前两个学年里,他是班上的佼佼者。他觉得一切都轻而易举,总能比老师抢先一步。但是,最近却好像有一团迷雾笼罩了他的思绪。他们正在学的数学越来越现代、越来越抽象了,他有点力不从心。黑板上一行又一行的运算阐释他都还跟得上,但换上大一点的自变量他就糊涂了。他在课堂里会感到阵阵惊慌,还要去尽力掩饰。

奇怪的是,好像只有他受到了这样的折磨。就连同班的后进生也似乎不觉得比平常更艰难。他的成绩逐月下跌,他们的成绩却很稳定。至于名列前茅的那些真正的佼佼者,索性把他抛在后面苦苦挣扎。

他这辈子从来不曾这样,不得不全力以赴。以前的他不必使出全部力气就够好了。现在的他却要拼命奋斗。如果他不能全身心地投入学业就会沉沦不起。

然而,一天又一天都如在灰雾笼罩中精疲力竭地过去。他咒骂自己,竟然放任自己被代价如此高昂的恋情再次吞没。如果有情人就必须负担这些,毕加索和其他人到底是怎么撑过来的?他真的没力气听完一堂又一堂的课,再打一份又一份的工,熬过这样的一天后还要关注一个喜怒无常的女人,她要么极度兴奋,要么沉湎于极致的阴郁,对此生的积怨念念不忘,翻来覆去地讲。

虽然杰奎琳不再和他正式同居,却会上门来找他,不管白天还是晚上,她想什么时候来就什么时候来。有时候,她只是来谴责他,因为他之前不小心说过什么话,她现在才反应过来言外之意是什么。有时候,她只是情绪低落,想有人哄她高兴。心理治疗后的那几天总是最惨的,她会一遍又一遍重述她在心理医生诊所里的情形,挑出心理医生最微妙的手势,反复斟酌其意。她会叹气,流泪,一杯接一杯地灌下红酒,做爱做到一半就会昏睡过去。

"你自己也该去做做心理治疗。"她这样对他讲,呼出一口烟。

"我会考虑的。"他就这样回答。现在的他很明白,只要别和她唱反调就好。

事实上,他根本不会去做心理治疗。心理治疗的目的是让人幸福。那有什么意义?幸福的人都不太有趣。最好接受不幸的重负,再试着把不幸转化成别的有意义的东西,或是诗歌,或是音乐,或是绘画:这才是他的信念。

尽管如此,他还是尽可能耐心地听杰奎琳唠叨。在这场关系里,他是男人,她是女人;他已经得到了她给的愉悦,现在他必须付出代价:这似乎就是情爱运作的方式。

她的故事一夜又一夜灌进他困顿昏沉的耳朵里,时而片段重叠,时而前后矛盾,讲来讲去都是别人夺走了她真正的自我,迫害她的人时而是她暴君般的母亲,时而是她一去不回的父亲,时而是这个那个有施虐倾向的情人,时而是狡猾险恶的心理医生。她说,他搂在怀里的只是她真实自我的躯壳;只有在她重新获得真实的自我之后,她才能再次拥有爱的能力。

他只听不信。如果她觉得心理医生对她别有企图,她为什么不放弃就诊?如果她的姐妹诋毁她、贬讽她,她为什么还要见她?至于他自己,他怀疑,如果杰奎琳越来越视他为知己,而非情人,那也是因为他当情人不够好,不够有激情,不够狂热。他猜想,但凡他当情人更称职,杰奎琳很快就会重获她失去的自我和欲望。

为什么她一敲门,他还总是去开门呢?那是因为艺术家必须这样做——熬个通宵,耗尽精力,把自己的生活搅成一团乱麻——要不就是因为,无论如何,他终究是被这个纯熟的、不可否认其美貌、在他的注视下毫不羞涩地赤裸身体在公寓里走来走去的女人搞得神魂颠倒?

15

她为什么能在他面前这么无拘无束呢？是为了嘲弄他（因为她可以感受他的目光落在她身上，他知道），还是说，所有护士私下都是这样行事的：脱衣服，挠挠痒，谈起排泄和分泌时不加掩饰，讲起黄色笑话和男人们在酒吧里一个样儿？但是，如果说杰奎琳早已百无禁忌，彻底解放了自己，那么，为什么她做起爱来却那么心不在焉，那么漫不经心，那么让人失望？

这段恋情开始或继续都不是由他拿主意的。但他既已身在局中，就没力气逃脱了。他被一种宿命论收服了。如果和杰奎琳共同生活是一种病态，那就让这种病顺其自然地发展吧。

他和保罗都够绅士，不会私下议论自己的情人。然而，他怀疑杰奎琳·劳里埃会和她姐妹谈论他，那个姐妹又会转述给保罗听。保罗会知道他的私密生活，这让他难堪。他敢说，在他们俩中间，更有本事应对女人的是保罗。

有天晚上，杰奎琳在疗养院上夜班，他顺道去了保罗家。他发现保罗正打算出门，要去圣詹姆斯的妈妈家度周末。他为什么不一起去呢，保罗这样提议，至少过个周六？

他们就差一步，没赶上末班火车。要是他们还想去圣詹姆斯，就不得不步行整整十二英里。那天晚上气候宜人。为什么不呢？

保罗背着帆布背包和他的小提琴。他得带着小提琴，他说，因为在圣詹姆斯练琴更方便，邻居离得都不太近。

保罗从小就学小提琴，但始终拉不出什么名堂。保罗好像很满足于和十年前一样演奏吉格舞曲和小步舞曲。他自己在音乐上的野心反倒更大些。他十五岁时要求上钢琴课,妈妈就给他买了一架钢琴,琴还在他公寓里摆着呢。课上得差强人意,老师按部就班慢慢教,让他很不耐烦。然而,他的意志很坚定,早晚有一天他会弹的,哪怕弹得很糟,先弹贝多芬第132号作品,再弹布索尼改编的巴赫d小调恰空舞曲。他不要走弯路,而是跳过通常要练的车尔尼和莫扎特,直达目标。他要直接练这两支乐曲,并且只练这两支,坚持不懈地练,先慢慢地弹奏,非常非常慢,摸透每一个音符,然后再加快速度,一天比一天快,需要练多久就练多久。这是他学习弹钢琴的独门方法,他自己发明的方法。只要毫不动摇地按照他的计划练,他实在找不到理由说这方法行不通。

不幸的是,他发现要从非常非常慢进步到非常慢的过程中,两只手腕都变得紧张而僵硬,指关节也僵住了,没过多久就完全弹不下去了。后来,他勃然大怒,用两只拳头去砸键盘,绝望地弃之而去。

过半夜了,他和保罗才走到维恩堡。路上没有车,除了一个清道夫拿着扫帚在扫马路,主街上空无一人。

走到狄普河时,有个送奶工赶着马车从他们身旁驶过。他们停下来,看他勒住马,大步流星地走上花园小径,放下两瓶满满的牛奶,捡起两只空瓶,倒出硬币,再大步走回马车。

"我们可以买一品脱吗?"保罗问道,递去四便士。送奶工笑吟吟地看着他们喝。这个送奶工又年轻又英俊,活力四射。就连那匹长毛覆蹄的大白马似乎也毫不介意大半夜的都不能睡觉。

他甚感惊奇。他对这些趁大家睡觉时工作的行当全都一无所知:街道被扫干净,牛奶被送到门口!但有一件事让他想不通。为什么牛奶不会被偷走呢?为什么没有小偷跟在送奶工后头,把他放下的每一瓶牛奶都偷走?在一个财产引发犯罪、样样东西都可以被偷窃的国度里,为什么只有牛奶可以免遭黑手?难道是因为偷牛奶太简单了?就连窃贼群体中也有某种行为准则吗?还是说,窃贼们同情送奶工,因为大部分送奶工都是无权无势的年轻黑人?

他愿意相信最后一个解释是对的。他愿意相信人们对黑人的同情是很充分的,足以希望体面地对待他们,以补偿法律的残酷、黑人命运的凄惨。但他知道事实并非如此。在黑人和白人之间有一条很难填合的鸿沟。有一种认知深藏在黑人和白人的心中,比同情更深、比体面应对更深,甚而比良好的意愿更深藏不露,那就是:像他和保罗这样的人,连同他们的钢琴和小提琴,是以最不堪一击的借口立足于这个世界、立足于南非的。就连这个想必一年前还在特兰斯凯最偏远的地方放牛的年轻送奶工也必定清楚这一点。事实上,他觉得大部分非洲人甚至有色人种都散发出一种令人好奇又好笑的温柔感,因为他们觉得:既然他脚下的大地浸满了鲜血,历史的浩瀚深渊里回荡着愤怒的呼喊,那他如果还幻想着能靠正直的外表、体面的应对蒙混过去,那他肯定是个傻子,需要保护。要不然,这个年轻人为什么如此温柔地微笑着,在这一天的第一阵风拂动马鬃的时候,看着他俩把他给他们的牛奶喝掉?

他们走到圣詹姆斯的那栋房子时已是拂晓。他立刻倒在沙发上睡着了,一直睡到中午,保罗的妈妈把他们叫醒,再把早餐端到能眺望整个福尔斯湾的阳台上。

保罗和他妈妈聊个不停,也时不时和他轻松交谈几句。保罗的妈妈是个摄影师,有自己的工作室。她很娇小,穿着讲究,有一把沙哑的烟嗓,有点焦躁不安。他们一吃完,她就告辞了,她说她还有工作要忙。

他和保罗下海滩去,游会儿泳,再走回来,下象棋。然后他搭火车回家。保罗的家庭生活,他还是第一次窥得一斑,非常羡慕。为什么他和自己的妈妈就不能有一种美好、正常的关系呢?他真希望自己的妈妈能像保罗的妈妈那样,希望她在狭隘的小家庭之外还有自己的生活。

他离家独自生活就是为了逃脱家庭的压抑感。现在他很少去见父母。尽管他们住的地方很近,走着就能到,但他不回家。他从没带保罗去见过自己的父母,也没带别的朋友去过,杰奎琳就更不用说了。既然他能挣钱了,他就要充分利用独立,把父母摒除在自己的生活之外。他知道,自己如此冷漠让妈妈很伤心,而终其一生他都要用这种冷漠回应她的爱。她想宠溺他一辈子;他也抵制了一辈子。不管他怎么坚持,她总是无法相信他有足够的钱独立生活。不管什么时候看到他,她都想往他的口袋里悄悄地塞点钱,一英镑的纸币,两英镑。她说那"只是一点小钱"。但凡有一星半点的机会,她就会帮他的公寓缝补窗帘,帮他洗衣服。他必须硬下心肠对待她。现在可不是放松警惕的时候。

三

他在读《埃兹拉·庞德书信集》。印第安纳州沃巴什学院解除了埃兹拉·庞德的职位,只因为他让一个女生留宿①。乡下人的头脑竟是如此偏狭,庞德一气之下离开了美国。他在伦敦结识了美丽的多萝西·莎士比亚,喜结良缘,移居意大利生活。第二次世界大战后,他被指控协助、支持法西斯。为了逃脱死刑,他谎称自己精神错乱,于是被关进了精神病院。

现在是1959年,庞德已被精神病院释放,回到了意大利,依然埋头创作凝聚了他毕生心血的《诗章》。开普敦大学图书馆收藏了目前已经完成并出版的所有篇章,费伯出版社的版本,以精美的黑体印刷的一行行诗句时不时被巨大的中文字打断,俨如铜锣声声。《诗章》令他全情投入,读完一遍就再读一遍(自觉愧疚地跳过了关于范布伦②、马拉泰斯塔③那些枯燥

---

① 这里指的是1908年,一个合唱团的女生受困于暴风雪,庞德就让她在自家留宿,吃点热乎的东西,他自己就睡在地板上,次日清晨,房东太太发现后根本不相信庞德所言,沃巴什学院也请他走人。
② Martin Van Buren(1782—1862),美国第八任总统,民主党创建人之一。
③ Errico Malatestas(1853—1932),意大利无政府主义者、"行为宣传"的主要拥护者。

的段落),还把休·肯纳①论述庞德的书当作导读。艾略特慷慨地称庞德为"*il miglior fabbro*":更精湛的语言匠人。艾略特的作品就够让他激赏了,但他认为艾略特说得对。

埃兹拉·庞德的大半辈子都在忍受迫害:在异国他乡辗转流离,继而被囚禁,之后,第二次被赶出祖国。虽然背负了"疯子"的标签,庞德却证明了他是个伟大的诗人,甚或如沃尔特·惠特曼那样伟大。庞德顺从了天命,将一生奉献给了他的艺术。艾略特也是,只不过,艾略特忍受的更多是私人痛苦。艾略特和庞德都过了悲情的一生,也都时常陷入耻辱。其中有他可以借鉴的教训,他们诗篇的每一页里都有让他醍醐灌顶的词句——艾略特的诗在中学时代就征服了他,现在是庞德的。他必须准备好,像艾略特和庞德那样,忍耐生活为他预备的一切,哪怕那意味着背井离乡、籍籍无名的劳作、遭受毁谤。就算他不能通过来自艺术的最高级别的考验,就算事实验证了他终究没有天赋,那他也必须做好忍耐的准备;哪怕他现在和未来都要忍受那一切,不容置疑的历史裁决、生存的宿命终究是次要的。得到感召的人很多,被选中的人却很少。与每一个重要的诗人相对应的是一大群次要的诗人,就像一只雄狮边上总有一团嗡嗡的飞虫。

他的朋友里只有一个人也对庞德有热情:诺伯特。诺伯特生于捷克斯洛伐克,战后来到南非,讲英语时带一点微弱的德语咬舌音。他学工科,想和父亲一样成为工程师。

---

① Hugh Kenner(1923—2003),美国文学评论家。

他在衣着打扮上保有优雅的欧式礼仪感,正以相当体面的方式追求一位家世优渥的美女:每周与她散步一次。他和诺伯特约在山坡上的一家茶座见面,互相评点他们新写的诗作,还把自己最喜欢的庞德的诗篇段落朗诵给对方听。

让他觉得格外有趣的是:竟然是即将成为工程师的诺伯特、理应成为数学家的他成了埃兹拉·庞德的门徒,他所知的那些攻读文学、编撰大学文学杂志的学生诗人追随的却是杰拉德·曼利·霍普金斯①。他自己在中学时代也曾一度迷过霍普金斯,那时候,他会在自己的诗句中硬塞进很多重读的单音节词,并且避免使用源自拉丁语系的词汇。但没过多久,他就不再倾心于霍普金斯了,正如现在他渐渐失去了对莎士比亚的兴趣。霍普金斯的诗句里充斥了太多辅音,莎士比亚的句子里充斥了太多隐喻。霍普金斯和莎士比亚也都过分偏爱生僻词,尤其是古英语中的词汇,譬如 *maw*、*reck*、*pelf* 之类。他不明白,为什么诗文总要抑扬顿挫乃至慷慨激昂?为什么不能满足于平常说话时的声调起伏?事实上,他不明白诗歌为什么必须和散文有这么大的不同。

相比于莎士比亚,他开始更喜爱蒲柏了;相比于蒲柏,他更喜欢斯威夫特。尽管蒲柏遣词精准得近乎严苛,他赞许这一点,但仍觉得蒲柏在女人堆的衬裙和假发间太有如鱼得水之势,而斯威夫特始终极其避世,是个离群的孤立者。

他也喜欢乔叟。中世纪很无趣,执迷于禁欲,神职教士

---

① Gerard Manley Hopkins(1844—1889),英国诗人、罗马天主教徒及耶稣会神父,最负盛名的维多利亚诗人之一。

一手遮天;大部分中世纪诗人们都很胆小,动不动就跑到拉丁语老祖宗那儿寻求指引。但乔叟用巧妙的反讽,和当权派保持了一定距离,让那些人奈何不得。而且,乔叟和莎士比亚不一样,他不会逮着什么就口沫横飞地夸夸其谈。

至于别的英国诗人,庞德教会了他觉察到浪漫派和维多利亚时代的诗人们浸淫其中的廉价感伤,更不用说他们的诗技之散漫了。庞德和艾略特都在努力地唤回法语的收敛和艰涩,试图以此复兴英美诗歌。他完全赞同。他以前怎么会那么迷恋济慈,以至于写出济慈式的十四行诗呢?他自己都无法理解。济慈像西瓜,甜软鲜红,然而诗歌理应如火焰般猛烈而明澈。读上五六页济慈的诗,感觉就像屈从于诱惑。

如果他能真正读懂法语,就能更牢靠地追随庞德了。但不管他怎样自学都无济于事。他对法语无感,这门语言的单词总是虎头蛇尾,起音果敢有力,尾音却如呢喃般渐弱渐息。所以他只能无条件地信任庞德和艾略特所说的:波德莱尔[1]、奈瓦尔[2]、科比埃尔[3]和拉弗格[4]指明了他必须跟随的道路。

刚进大学时,他的计划是拿到数学专业的文凭,然后出国,投身艺术。计划就到此为止,也只需要到此为止,他至

---

[1] Charles Pierre Baudelaire(1821—1867),法国十九世纪最著名的现代派诗人,象征派诗歌先驱,代表作《恶之花》。
[2] Gérard de Nerval(1808—1855),法国象征派和超现实主义诗人、散文家、翻译家。
[3] Tristan Corbière(1845—1875)法国诗人,善于以现实主义笔法描写航海生活。
[4] Jules Laforgue(1860—1887),法国象征派、印象派诗人。

今还没有偏离计划。在国外完善诗歌技艺的时候,他将谋一份默默无闻但足够体面的工作来养活自己。既然伟大的艺术家们都注定要经历一段不为人知的日子,所以他想象自己服满艺术家见习期的方式将是当一个小职员,在闭塞的里屋里谦卑地计算一行行数字的总和。他肯定不会是波希米亚族,也就是说,他绝不会变成放浪的酒鬼、寄生虫、游手好闲的懒鬼。

除了神秘的数学符号之外,吸引他攻读数学的还有数学之纯粹。如果大学里设有"纯思想"系,他说不定也会去读的;但在大学院校的能力范围之内,最接近理念形式①的方法似乎也只有纯数学了。

倒霉的是,他的学习计划遇到了一种阻碍:大学的规章制度不允许你只读纯数学,而别的科目都不学。他的大部分同班同学都会选几门课:纯数学、应用数学和物理学。他发觉自己无法照做。尽管他在孩提时代对火箭和核裂变有过纷杂的兴趣,但现在的他对所谓的真实世界毫无感受力,因而无法理解万物在物理学中何以是那样的。比如:为什么弹跳的小球最终会停止弹跳?同学们都能毫无困难地回答这个问题:因为小球的弹性系数小于一。但他会问:为什么非得是这样的呢?为什么弹性系数不能刚好是一,或大于一呢?同学们耸耸肩。他们会说,我们生活在真实世界里:在这个真实世界里,弹性系数总是小于一。他觉得,这

---

① The realm of the forms 为柏拉图主义的理念论:抽象的理念形式是世间万物最完美的形式。

听起来根本不像是个答案。

因为他似乎对这个真实世界没有感同身受的能力,所以他避开了理科,在课程表的空白格里填入了英语、哲学和古典文学。他希望别人把他看作一个偶然选了几门人文课程的数学系学生;但让他懊恼的是,在身边的理科同学眼里,他反倒像个门外汉,一个业余的艺术爱好者,听完数学课后就没影儿了,天知道跑哪儿去了。

因为他将成为数学专业人士,所以他理应把大部分时间投入数学研究。数学很容易,但拉丁语很难。在所有课程里,他的拉丁语学得最差。在天主教学校里的多年学习经验让他得以牢记拉丁语的语法规则;哪怕很吃力,他也能正确地写出西塞罗式的散文;但维吉尔和贺拉斯仍会让他糊涂,他们的语序太随意了,他们所用的语词也让人抓狂。

他被分在一个拉丁语导师的班上,别的同学大都另外选修了希腊语。懂希腊语会让他们更容易地学会拉丁语;他必须奋力苦读才能跟上进度,不让自己出丑。他真希望自己以前上过教希腊语的中学。

数学的吸引力之一在于使用希腊字母。虽然除了 *hubris*、*areté* 和 *eleutheria* 之外,他根本不懂希腊文,但还是耗费了几小时去练习书写体的希腊字母,在向下的笔画上用力,想写出博多尼印刷体的效果。

在他眼里,希腊语和纯数学是一个人在大学里所能学到的最高贵的科目。他对那些用希腊语授课的导师仰慕有加,却没办法选修他们的课:纸莎草专家安东·帕普、翻译索福克勒斯的莫里斯·波普、评论赫拉克利特的毛利茨·

海姆斯特拉。他们和纯数学教授道格拉斯·希尔斯一样,都居于一种崇高的境界。

尽管他倾尽努力,拉丁语的成绩始终不是很好。但每一次让他备受打击的却是古罗马史。被校方指派来教古罗马史的导师是个面色惨白、郁郁寡欢的英国年轻人,其实他真正感兴趣的是迪格尼斯·阿克里塔斯①。必修拉丁语的法律系学生们觉察到了他的弱点,就欺负他。他们迟到又早退;他们朝他扔纸飞机;在他讲课的时候交头接耳却很大声;当他讲出一句蹩脚的俏皮话时,他们粗哑地爆笑,还不停地跺脚。

事实上,和法律系的学生们一样,康茂德②统治时期的小麦价格涨跌让他觉得很无聊,他们的那位导师可能也觉得无聊。没有史实就不成其为历史,但他的脑子里从来没有给过事实以一席之地;考期临近,导师要求他就"古罗马帝国末期什么引发了什么"写下自己的观点,他只能苦恼地对着空白的页面干瞪眼。

他们读了塔西佗③著作的译本:叙述诸位君王的暴行虐施、奢靡国度的文辞干巴巴的,只见令人费解的一句迫不及待接着下一句,暗示出讽刺的意味。如果他要当诗人,应当向爱情诗人卡图卢斯④学习,他们在辅导课上正在翻译他的诗;但真正让他欲罢不能的反而是历史学家塔西佗,他

---

① Digenis Akritas,民谣和史诗中歌颂的拜占庭英雄人物。
② Commodus(161—192),180—192年间在位的罗马帝国暴君。
③ Tacitus(约55—约117),古罗马元老院议员、历史学家。
④ Catullus(公元前87—约前54),古罗马抒情诗人。

的拉丁文太难了,难到他无法看懂原文。

他追随庞德的推荐,已开始读福楼拜了,先读《包法利夫人》,再读福楼拜写古迦太基的小说《萨朗波》。他克制住了,坚决不让自己去读维克多·雨果。因为庞德说雨果是个空话连篇的家伙,而福楼拜将珠宝工匠式的、过硬的诗歌技艺引入了散文写作。一脉相承福楼拜,最先出现的是亨利·詹姆斯,然后是康拉德和福特·马多克斯·福特①。

他喜欢福楼拜。尤其是他笔下的爱玛·包法利,她有黑色的眼眸,有无法餍足的情欲,也心甘情愿献出自己,这些都令他甘愿臣服。他愿意和爱玛上床,聆听她宽衣解带时那腰带发出的著名的蛇嘶般的轻响。但是,庞德会赞同吗?他不能确定渴望与爱玛见面是否足以成为崇拜福楼拜的好理由。他怀疑,自己的鉴赏力中仍有某些腐化的东西,某种济慈式的东西。

当然,爱玛·包法利是小说中的虚构人物,他永远不可能在街头遇到她。但爱玛不是凭空捏造出来的:她源自作者的切身经历,并在真切体验之后的艺术之火中得到了升华。如果说爱玛有原型,甚或好几个原型,那就有理由这样说:像爱玛及其原型这样的女人理应存在于现实世界。哪怕事实并非如此,哪怕在现实世界里并没有哪个女人酷似爱玛,那也必定会有很多女人在读完《包法利夫人》后深受吸引和影响,有如被爱玛附体,改头换面,成了不同版本的

---

① Ford Madox Ford(1873—1939),英国小说家,代表作《好兵》是二十世纪最伟大的文学作品之一。

爱玛。她们或许不算是真实的爱玛,但从某种意义上说,她们已成为活生生的爱玛的化身。

他的雄心是在出国前把所有值得一读的诗文都读完,那样的话,他到欧洲时才不会像个乡巴佬。他很依赖艾略特和庞德,视其为阅读方面的指路人。因为认同他们的权威,他对一排又一排书架上的司各特、狄更斯、萨克雷、特罗洛普、梅瑞狄斯看都不看一眼。十九世纪德国或意大利或西班牙或斯堪的纳维亚国家的作品同样不值一顾。俄国或许产生了一些有趣的奇人,但作为艺术家,俄国人没什么能教给我们。自十八世纪以来的文明纯然来自英法体系。

另一方面,有些小地区的古代高等文明是万万不可忽视的:不仅有雅典和罗马,还有瓦尔塔·冯·德尔·福格威德①诗中的德国,阿尔诺·达尼埃尔②笔下的普罗旺斯,但丁和圭多·卡瓦尔坎蒂③笔下的佛罗伦萨,更不用说唐代的中国、莫卧儿时代的印度、穆拉比特王朝时期④的西班牙了。所以,除非他学会中文、波斯文和阿拉伯文,或是至少学到可以借助注释读懂这些国家的古典代表作的程度,否则他就还是个野蛮人。他要到哪儿找这么多时间呢?

一开始,他在英语课上的表现也不太理想。教文学的

---

① Walther von der Vogelweide(1170—1230),中世纪德语诗人。
② Arnaut Daniel(约 1150—1200),法国南部奥克西坦语游吟诗人,对但丁有很大影响,备受庞德推崇。
③ Guido Cavalcanti(1258—1300),意大利诗人,对但丁极有影响。
④ Almoravid:词意本意为"武僧",穆拉比特王朝是由北非神学领袖阿卜杜拉·本·亚辛于十一世纪在西北非创建的穆斯林帝国,定都摩洛哥。

导师叫琼斯先生,是个年轻的威尔士人。琼斯先生刚来南非不久,这是他第一份像样的工作。法律系的学生们来上课只因为英语和拉丁语一样是必修课,他们立刻就觉察到他不太有把握,于是,他们当着他的面打哈欠、装傻、拙劣地模仿他讲课的样子,有时候眼见着他沮丧至极,他们才肯罢休。

他们的第一份作业是就安德鲁·马维尔①的一首诗写一篇评论性的分析文章。虽然不是很确定"评论性分析"到底是什么,他还是尽了最大的努力。琼斯先生给了他中。在评分表里,中不是最低的成绩——还有中减,更不用说还有差呢——但终究不是个好分数。包括法律系学生在内的很多学生都拿到了良;甚至还有一个人得了优减。也许他们对诗歌没什么兴趣,但这些同学知道一些他不知道的东西。但那究竟是什么呢?你要怎么做才能学好英语呢?

琼斯先生,布莱恩特先生,威金森小姐——他的导师们都很年轻,而且在他看来似乎也都很无助,只能无助又无声地忍受法律系学生的胡闹,只能抱一丝希望:但愿他们闹够了、闹累了就会自动消停。至于他嘛,并不太同情导师们的困境。他想从导师们那儿得到权威,而非他们暴露的弱点。

在琼斯先生授课后的三年里,他的英语成绩慢慢爬升。但他始终不是这个班上的尖子生,从某种角度说,他一直都在勉力追赶,并不确定该如何学习文学。相比于文学评论,英语课程中的语言学部分倒是能让他松一口气。至少,讲

---

① Andrew Marvell(1621—1678),英国玄学派诗人。

到古英语动词变化或中古英语的发音变化时,你起码能明白是怎么回事儿。

现在大四了,他选修了盖伊·豪沃斯教授的早期英国散文作家课程。他是唯一的学生。众所周知,豪沃斯枯燥迂腐,有股老学究气,但他不在乎。他并不抵触老学究们。相比于浮夸卖弄的人,他宁可选择老学究。

他们每周在豪沃斯的办公室里上一次课。豪沃斯大声地照读讲稿时,他就做笔记。如此上了几次课后,豪沃斯索性把讲稿借给他,让他回家自己看。

讲稿是在泛黄、发脆的纸上打出来的,打字机的旧色带颜色很淡;讲稿是从一只橱柜里取出来的,柜子里仿佛囊括了从奥斯丁到叶芝的每一位英语作家的档案。要当上英语教授,是不是必须这样做:读遍所有典范作家,并就每一位写篇讲稿?这要吞噬一个人生命中的多少年?这会对一个人的精神带来怎样的影响?

豪沃斯是澳大利亚人,好像挺喜欢他的,他也不明白是为什么。对他而言,虽然说不上他也喜欢豪沃斯,但他确实觉得有必要关切他、保护他,就因为他笨拙木讷,因为他误以为南非学生压根儿不关心他对盖斯科因[1]或黎里[2]或莎士比亚的看法。

学期最后一天,他们一起完成最后一节课之后,豪沃斯提出邀请:"明天晚上来我家喝一杯吧。"

---

[1] George Gascoigne(1525—1577),文艺复兴时期欧洲诗人。
[2] John Lyly(1554—1606),文艺复兴时期欧洲作家。

他顺从地去了,但心情很沉重。他们交流过对伊丽莎白时代的散文家的看法,但除此之外,他对豪沃斯实在无话可说。况且,他不喜欢喝酒。哪怕是红酒,在啜饮第一口之后,他也觉得很酸涩,又酸又浓又难喝。他不明白为什么人们都要假装享受这东西。

豪沃斯的家在公园区,他们坐在天花板很高的昏暗的起居室里。受邀而来的人似乎只有他一个。豪沃斯谈起了澳大利亚诗歌,提及了肯尼斯·斯莱赛①和 A. D. 霍普②。豪沃斯夫人像一阵风似的进进出出。他感觉到了,她不喜欢他,她觉得他太一本正经了,缺乏生活情趣③,没有机智又俏皮的应答。莉莲·豪沃斯是豪沃斯的第二任太太。毫无疑问,她年轻时是个美人,但现在只是个脸上搽了太多粉、双腿尚且纤细的矮胖妇人。据说,她还是个酒鬼,醉后丑态百出。

原来,请他来是有缘由的。豪沃斯夫妇要去国外待六个月。他可以住在他们家,帮忙照看房子吗?他不用付房租和账单,要负责的任务屈指可数。

他当场就同意了。能得到这种邀约让他受宠若惊,哪怕只是因为他看起来迟钝而可靠。而且,如果他退掉莫布雷的公寓就能省下不少钱,也能更快攒齐去英国的船票钱

---

① Kenneth Slessor(1901—1971),澳大利亚著名诗人、记者,致力于将现代派引入澳洲诗坛。
② A. D. Hope(1907—2000),澳大利亚诗人、散文家、评论家,尤擅讽刺风格。
③ 原文为法语。

了。再说,这房子自有一番吸引力——很大,位于散布山坡底部的建筑群落中,宅内有幽暗的走廊,一些没人使用的房间散发着霉味。

只有一个难处。第一个月里,他将和豪沃斯夫妇的客人同住。客人指的是从新西兰来的女人,以及她三岁的女儿。

没想到,新西兰女人也是个贪杯的人。他搬进去没多久,她就在半夜晃悠到他的房间,上了他的床。她抱住他,紧紧贴住他,给他湿吻。他不知道该怎么办。他不喜欢她,不想要她,厌恶她用松弛的双唇摸索他的嘴唇的样子。他周身上下先起了一阵战栗,继而感到恐慌。"不要!"他大喊出来,"走开!"然后就把自己缩成了一团。

她摇摇晃晃地爬下他的床。"混蛋!"她咬牙切齿地骂了一声,走了。

直到月底,他们都住在同一屋檐下,互相回避,留神倾听地板发出的吱嘎声,偶遇时都会移开视线。他们的表现都挺蠢的,但至少她蠢得鲁莽,反倒可以原谅,而他则是个假正经、真蠢货。

他这辈子还没喝醉过。他憎恶醉酒。他参加派对会提早走,就是为了躲开喝多了的人磕磕巴巴、失去理智的谈话。在他想来,醉驾应得到加倍惩罚,而非减半。然而,在南非,每一宗借酒精之力犯下的过分的罪行都会被视作情有可原。农场主尽可把劳工鞭打致死,只要他们是喝醉了动手的。丑陋的男人们尽可强占女人,丑陋的女人们尽可勾搭男人;要是你拒绝,那就要怪你没有按照牌理出牌。

他读过亨利·米勒①的书。如果有个喝醉的女人悄悄溜上亨利·米勒的床,他们必将通宵性交,也毫无疑问会通宵狂饮。如果亨利·米勒只是个好色之徒,一个来者不拒的贪欲怪物,他完全可以被忽略不计。但亨利·米勒是个艺术家,他的小说——或许太出格,也或许是满篇谎言——讲述的是一个艺术家的生活。亨利·米勒写的是三十年代的巴黎,一座充满了艺术家以及热爱艺术家的女人们的城市。如果女人们对亨利·米勒投怀送抱,那么,她们也必定会对那些年生活在巴黎的埃兹拉·庞德、福特·马多克斯·福特、欧内斯特·海明威和所有别的伟大艺术家投怀送抱,更不用说巴勃罗·毕加索了,个中情形无非大同小异②。等他到了巴黎或伦敦,他该怎么办呢?他打算坚持不按牌理出牌吗?

他不只是憎恶醉酒,还憎恶丑陋的身体。读维永③的《遗言集》的时候,只觉得制头盔女工④听起来是多么丑恶:皱纹遍布,不加梳洗,满口脏话。如果你要当艺术家,是不是无论什么样的女人都必须去爱?为了体验生命,艺术家的生活就必须和任何人、所有人睡觉吗?如果对性事过分挑剔,就等于排斥生活吗?

另一个问题是:究竟是什么让新西兰女人,玛丽,认定

---

① Henry Miller(1891—1980),美国小说家,代表作有《北回归线》《南回归线》《春梦之结》等。
② 原文为拉丁文。
③ François Villon(约1431—1463以后),法国中世纪晚期最有名的抒情诗人。
④ 原文为法语。

他值得一睡呢？仅仅因为他在同一屋檐下，还是因为她听豪沃斯说过他是个诗人，未来的诗人？女人爱艺术家，因为他们心有烈焱炽燃，那种火焰能耗尽一切，但矛盾的是，也能让火舌触及的一切获得新生。蹭上他的床时，玛丽可能认为她将被艺术之火舔舐，经历难以言喻的极乐迷醉。结果，她发现自己被个惊慌失措的男孩推开了。她肯定会报复他的，不管用什么方法。豪沃斯夫妇肯定会在下一封信里看到他们的朋友是如何描述这件事的，在她的版本里，他会像个幼稚的白痴。

他明白，谴责一个女人长相丑陋在道德上是很卑劣的。但幸运的是，艺术家不必在道德上令人钦佩。最要紧的是他们能创造出艺术。如果他创造的艺术要源于自己更卑鄙的那一面，那也无妨。恰如莎士比亚不厌其烦说的那样：粪堆上的鲜花长得最好。即便是亨利·米勒：一个如此坦率展露自己、随时可以和无论什么体型的任何女人做爱的人，可能也有一个会让他用足够的谨慎去掩饰的阴暗面。

普通人会发现做坏事挺难的。感觉到恶之火在心中燃起时，普通人会喝酒、咒骂、诉诸暴力。对他们来说，恶就像一种热病：他们想把恶从自身内部驱逐出去，想要回到正常状态。但艺术家们必须与其热病同生共死，不管其本质是好是坏。正是这种狂热让他们变为艺术家；必须让这种狂热生生不息。因而，艺术家永远不可能向全世界展现全部的自我，总要有一只眼关注自己的内在。至于那些蜂拥在艺术家周围的女人，千万不能完全信任她们。因为，正如艺术家的灵魂既是火焰又是热病，那些女人既渴望被火舌舔舐,同时又会使出全力去熄灭那团狂热的火,让艺术家跌落到普通人的层次。因而,就连爱女人的时候,也必须抵制女人。不能允许她们离得太近,太近的话,她们就能捻灭那火焰。

四

在完美的世界里,他将只和完美的女人睡觉;所谓完美的女人会拥有完美的女性魅力,但在她们的内心深处还有一种确凿的、能回应他自身阴暗的阴暗面。但他不认识这样的女人。杰奎琳没打招呼就不再来找他了——不管她内心深处有怎样的阴暗面,他都没能探查出来——他很明智地不打算去追究原因。所以,他只能和别的女人凑合一下——实际上,那些姑娘还不能算女人,大概根本没有真切的内心世界,或是没有值得一提的;那些姑娘和男人睡觉都是不情不愿的,只因为她们被说服了,或因为朋友们都这样做,她们不想被落在后面,或因为这是保住男朋友的唯一办法。

他让其中的一个姑娘怀孕了。她在电话里把这个消息讲给他听时,他震惊了,并且不知所措。他怎么可能让别人怀孕呢?从特定的层面讲,他当然很清楚事情是怎么发生的。纯属意外:匆忙、混乱、一团糟,绝不可能出现在他读过的小说里。但他当时就是无法相信。他打心眼里觉得自己也就八岁,顶多十岁。一个小孩怎么可能当父亲呢?

也许不是实情,他对自己这样说。也许就像那种你肯定自己会不及格的考试,结果成绩出来了,你才发现自己好歹没考砸。

但这件事结果并不是那样的。又来了一通电话。那姑娘用就事论事的口吻告知他:她去看过医生了。此处有个短暂的停顿,足以让他消化这段开场白,并开口说话。"我会陪着你的。"他可以这样说。"都交给我来处理。"他也可以这样说。可是,陪着她在现实生活中的含义只会让他有种不祥之兆,只有扔下电话跑掉的冲动,那他还怎么能够把陪着她这句话说出口呢?

停顿告终。她找到人了,她继续说道,可以解决这种问题的人。因此,她已预约了隔天过去。既然人家已经建议她事后不适合开车,那他要不要准备好开车送她去约好的地点,之后再接她回来呢?

她叫萨拉。她的朋友们都叫她萨莉,一个他不喜欢的名字。这名字让他想起一句诗:"下来吧,来萨莉花园。"萨莉花园到底是什么?她来自约翰内斯堡的城郊,住在那种郊区的人每周日都骑在马背上在庄园里慢跑,互相大喊"好极了!",与此同时,戴着白手套的黑人男仆会把饮料端给他们。骑马慢跑、摔伤了也不哭的童年把萨拉塑造成了一个可靠的人。他几乎能听见约翰内斯堡的乡亲们说:"萨尔真是太可靠了。"她不漂亮——骨架太结实,面色太红润——但她由里而外的极其健康。而且,她不会装腔作势。既然厄运已袭来,她不会躲在自己的房间里假装没出什么事。恰恰相反,她找到了必须找到的方法——怎样在开普敦做人工流产——还做好了种种必需的安排。事实上，她让他感到无地自容。

他们开着她的小车到了伍德斯托克,在一排一模一样的联排小屋前停下来。她下了车,敲响了一扇房门。他没看见开门的人,但除了做人流手术的医生之外也不会有别人了。他把做人流手术的人想象成邋遢的女人:头发是染过的、粉底厚到结块、手指甲一点儿不干净。她们会给那姑娘一杯不掺任何东西的杜松子酒,让她平躺,然后用一根金属丝探入她体内,进行某种难以用语言描述、涉及钩吊和拖拉等动作的操作。他坐在车里发起抖来。谁能猜到啊,在这样一间普普通通、花园里开着绣球花、立着一尊矮人精灵的石膏像的小房子里,竟有如此恐怖的事情发生!

半个小时过去了。他越来越紧张。接下来要他办到的事,他能完成吗?

接着,萨拉出现了,门在她身后关拢。慢慢地,她带着专注的神情朝小车走来。她越走越近时,他看到她面无血色,冒着汗。她没有言语。

他开车把她带回豪沃斯的大宅,把她安顿在能俯瞰桌湾和港口的卧室里。他给她端去热茶,再端去热汤,但她什么都不想吃。她带了一只行李箱,带了她自己的毛巾、她自己的床单。她把每一样细节都想到了。他只需要待在那儿,万一出了什么事儿能随时帮忙就好。没指望他太多。

她想要热毛巾。他就把一条毛巾搁进了电烤箱。焦味冒了出来。等他送上楼后,毛巾已经不算热乎了。但她还是把它盖在肚子上,闭上眼,热毛巾好像真的让她放松下来了。

每隔几小时,她就吃一粒那女人开的药,吃完就喝水,一杯接一杯。其余的时间里,她就闭着眼睛躺在那儿,忍受着疼痛。她觉察到他很容易受刺激,便藏起了所有能表明她体内正在发生什么状况的证据:浸满鲜血的卫生巾和诸如此类的东西,全都不让他看到。

"你还好吗?"他问。

"还好。"她轻声答道。

如果她感觉不好了,他将怎么办?堕胎是非法的,但到底算多大的罪?如果他叫医生上门,医生会把他们的事报告给警方吗?

他睡在床边的一张床垫上。要说当护士,他实在没什么用处,比没用还糟糕。实际上,他的所作所为根本算不上护理。那仅仅是补赎,一种愚蠢又徒劳无益的悔过和补救。

第三天早上,她出现在楼下书房门口,脸色苍白,步子很虚,但穿戴整齐。她说她可以回家了。

他开车把她送回住处,连同她的行李箱、想必装着血污的毛巾和床单的脏衣服袋。"你要我陪你待一会儿吗?"他问。她摇摇头,说:"我没事的。"他亲吻了她的脸颊,走回了家。

她不置一词,没有责备他,也没有任何要求,甚至自己支付了人工流产的费用。事实上,她给他上了一课,教会了他该如何应对这种事。至于他呢,他无法否认自己表现得很可耻。他给予她的那一丁点儿帮助是怯懦的,而且很无能——这就更糟了。他祈愿她永远不会把这件事告诉任何人。

他不断地去想她体内被摧毁的东西——那个有血有肉的小豆荚,柔软而坚韧的小人儿。他能看到,那个小生物被冲下伍德斯托克那栋小楼的马桶,翻滚着冲进迷宫般的下水道,最终被抛弃在浅滩,在骤然出现的日光下闪着光,挣扎着不想让海浪把它卷进湾流。之前他不想让它活下来,现在他不想让它死去。然而,就算他跑去海滩,找到它,把它从海水里救出来,他又能拿它怎么办呢?带回家,用棉毛保暖,试图让它继续生长?他仍是个孩子,又怎能养大一个孩子?

他想不明白。他自己才刚刚进入这世界,就已有一宗死亡记在了他名下。他在街上看到的那么多男人里面,有多少人俨如脖子上挂着婴儿鞋那样,背负着死去的孩子?

他宁可不再见萨拉。如果他一个人,或许还能恢复,回到他原来的状态。但现在弃她不顾未免太可耻了。所以,他每天都顺路去她那儿坐坐,握着她的手,得体地待上一段时间。就算他无话可说,那也是因为他没有勇气问她现在究竟如何,在她体内,究竟在发生什么样的变化。他暗自琢磨,她此刻经历的是一种病后痊愈的过程,还是像截肢那样永不可能恢复的状况?堕胎、流产和书中所写的所谓失去一个孩子,到底有什么样的不同?在书里,失去孩子的女人会把自己封闭在全世界之外,沉入独自的哀悼。萨拉也会进入一段哀悼期吗?那他呢?他也要哀悼吗?如果要哀悼,该哀悼多久?哀悼会有终结吗?哀悼后的你还是哀悼前的你吗?或是,你要永远哀悼在伍德斯托克的海水中沉浮、好像跌落船舷却没人注意到的小侍应生的那个小东西?

哭泣啊哭泣!侍者小男孩哭喊着,既不会沉没,也不会静静地漂浮。

为了多挣点钱,他在数学系增加了一次下午的辅导课。参加辅导课的一年级学生可以无拘无束地提出关于应用数学和纯数学的各种问题。他自己只学了一年应用数学,几乎不比他应该协助的学生们精专多少,因而每周都要花好几个小时备课。

尽管私事令他烦忧,他却不可能看不到国家正在骚乱之中。针对非洲人且只针对非洲人的通行证法抓得更紧了,到处都爆发了抗议活动。德兰士瓦的警察向民众开枪,随后,又以疯狂的方式朝着四散奔跑的男人、女人和孩子们的后背开枪。这种局势自始至终都让他厌恶——通行证法本身,流氓恶警,叫嚣着为杀人犯辩护、谴责被杀者的政府;还有媒体,害怕得不敢挺身而出、公开每个有眼睛的人都看得到的事实。

在沙佩维尔大屠杀之后,一切都和以前不同了。即便是在平和的开普省都有罢工和游行。无论在哪里,只要有游行,就会有持枪的警察蹲守在周围,就等着出现一个开枪的好借口。

这种局势最吃紧的那天下午,他正在上辅导课。辅导课堂里很安静;他在书桌间走来走去,检查学生们能不能做好布置的功课,并尽力帮助那些有困难的人。门突然被推开了。一个高级讲师迈着大步走进来,拍响了桌面。"请大家注意!"他用一种透着紧张感的嘶哑音调高声说道,脸孔涨红,"请放下笔,好好听我说!就在此时此刻,在德瓦尔大街上有一场工人游行。出于安全考虑,我奉命来传达:在得到进一步通知以前,任何人不许离开校园。我再说一遍:谁都不许离开。这是警方发布的命令。有什么问题吗?"

问题至少有一个,但现在不是提问的好时机:连一堂数学辅导课都不能太平地上完,这个国家算是到了什么地步?要说这是警方的指令,他也根本不相信警察封锁校园是为了保护学生们的安全。他们封锁校园,只是为了让这个臭名远扬的左倾思想温床里的大学生们不能加入游行,仅此而已。

继续数学辅导课是没指望了。教室里一片嗡嗡的交谈声;学生们都已经收拾好书包,准备出去,迫不及待地想看外面究竟出了什么事。

他跟在人群后面,走到德瓦尔大街上方的路堤上。交通已中止。游行的队伍从乌尔萨克路蜿蜒而来,十几二十人并排,队伍又宽,人又密,向北转后走上了公路。大部分游行者都是男人,都穿着灰扑扑的衣服——连身工作服、剩余军用外套、羊毛帽——有些人挂着手杖,所有人都走得很快,在沉默中走。放眼望去,望不见队伍的尽头。如果他是警察,恐怕会很害怕。

"是泛非主义者大会。"在他近旁的一个欧非混血学生说道。他的双眼发亮,一脸热切的神情。他说得对吗?他怎么会知道呢?有什么理应一眼认出来的标志吗?泛非主义者大会(PAC)不像非洲人国民大会(ANC),要更凶残。

非洲是非洲人的!泛非主义者大会是这样说的,把白人都赶到海里去!

几千人跟着几千人,男人们的游行队伍蜿蜒上山。那看起来不像一支军队,但其实就是,一支在开普平原的荒野上突然集结而成的军队。挺进城市后,他们将怎么做?不管他们做什么,这片国土上都没有足够的警察能阻止他们,也没有足够的子弹射死他们。

十二岁时,他被推上一辆满是学童的巴士,车子开到阿德利街,他们都被分到橙白蓝三色的小纸旗,还被叮嘱在花车队经过时挥舞小旗(花车上有杨·范·里贝克①和他那穿着整肃的普通市民裙装的妻子;佩带火枪的早期开拓者;魁伟的保罗·克鲁格②)。三百年的历史,基督教文明在非洲大陆一端扎根的三百年,政治家们在演讲中这样说道:让我们感恩上帝。现在,就在他眼皮底下,上帝收回了那只提供保护的手。他正在山峦的阴影里目睹历史被抹除。

在周围的寂静中,在这些穿着考究又整洁、出自龙德博斯男子高中和主教学院、半小时前还在忙着计算向量夹角、梦想着未来以土木工程师为业的青年中间,他能感受到同一种慌乱的震惊。他们本以为会看到一出好戏,尽可嗤笑一队乡下男孩列队游行,而非来目睹这等令人

---

① Jan van Riebeeck(1619—1677),荷兰探险家,在1652—1662年任开普敦领导人。
② Paul Kruger(1825—1904),南非军事家、政治家,在1883—1902年任南非总统。

生畏的大集结。他们的这个下午算是毁了,现在他们只想回家,喝杯可乐,吃点三明治,忘掉在他们眼前经过的场景。

他呢?没什么不同。明天的船还会照样起航吗?这就是他唯一的念想。我必须离开,趁一切还来得及!

第二天,也就是事情全部结束、游行者回家了之后,报纸才找到了评论此事的基调。发泄了压抑已久的愤怒,报纸上说,因由警方采取了明智的做法(难得一次),和游行领导者达成合作意识,沙佩维尔事件之后爆发的众多全国性大型游行抗议活动之一已安然平息。报上还说,强烈建议政府加强警惕,予以关注。他们就这样轻描淡写地让大事化小,好像这件事没有实际发生的那么重大。他可不会上当。只需一声哨响,开普平原的棚屋和工房里就会涌现出同一支男人的军队,比以前更强大,人数更多,会用中国产的枪支弹药武装起来。假如你连自己支持的主张都不信,反抗他们又能有什么希望?

还有防卫军的问题。他中学毕业时,防卫军只会在三个白人青年中征召一人入伍,接受军事训练。他很幸运,没有被征到。但现在一切都在改变。新规定出台了。他随时都有可能在信箱里看到一封征召通知书:请务必在某日上午九时到要塞报到。只需携带盥洗用具。他最常听说的新兵训练营在德兰士瓦某处,叫作沃尔特克柯霍格特。从开普省征募来的新兵会被送到那个远离家乡的地方,好好加以调教。不出一星期,他就可能发现自己在沃尔特克柯霍格特的带刺铁丝网里面,和粗野的南非白人们共住一顶帐篷,吃罐头牛肉,用跳羚牌收音机听约翰尼·雷的歌。他可受不了;他会割腕的。只有一条路是走得通的:逃。但拿不到学位,他又能怎能逃开呢?那就好比踏上终其一生的漫长旅途,启程时却不带衣服、不带钱、不带武器(相比而言这一点比较勉强)。

五

夜深了,已过午夜。他身在从南非带来的褪淡的蓝色睡袋里,躺在朋友保罗家的沙发上,位于贝尔塞斯公园区的这间房是保罗的卧室兼起居室。在房间的另一边,在真正的床铺上,保罗已打起了鼾。透过窗帘上的一道裂缝,混着紫色的钠黄色夜空挺刺眼的。虽然他已用一只靠垫盖住了双脚,但脚还是冰冷的。没关系:因为他在伦敦了。

世界上只有两个或三个地方,能让人生过得圆满而极致:伦敦、巴黎,或许还有维也纳。先说巴黎:爱情之都、艺术之都。但要在巴黎生活,你必须上过那种教法语的上流阶层的学校。维也纳呢,那是让犹太人回来重新拥有生来就有的权力的地方:逻辑实证主义、十二音技法、心理分析。那就只剩下伦敦了,南非人不需要身份证明,人们都讲英语。伦敦或许有点冷漠,错综复杂,而且很冷,但在那些令人望而生畏的高墙里面,男人们和女人们是在奋笔疾书,在描摹绘画,在谱写音乐。因为英国人素有值得钦佩、闻名遐迩的矜持,你每天在街上与他们擦肩而过却猜不到他们的这些秘密。

这间卧室兼起居室包括一个单独的房间及附带的煤气

炉和冷水洗手台(楼上的卫浴间是全楼的人公用的),为了合租这间屋,他每周付给保罗两英镑。他从南非带来的全部积蓄共计八十四英镑。他必须马上找到工作。

他去了伦敦郡政厅的办公室,在临时代课老师报名表上填上自己的名字,这类老师要随时待命,在接到通知后立刻填补教席空缺。分派给他的任务是去地铁北线尽头的巴尼特,去一所现代中学接受面试。他有数学和英语的文凭。校长要他去教社会学;还要督导每周两个下午的游泳课。

"但我不会游泳。"他表示了异议。

"那你只能去学了,对吗?"校长说。

离开现代中学的时候,他的胳膊下夹着一本社会学教科书。他可以利用周末为第一堂课备课。走到地铁站时,他已开始咒骂自己接受了这份工作。但他太怯懦了,不敢回去说自己改主意了。他又去了贝尔赛斯公园区的邮局,把那本教科书寄回去,附上一张字条:"因不可预见的意外状况发生,我将无法承担该教职。请接受我最诚挚的歉意。"

《卫报》上的一则广告又让他跑了趟伦敦郊外的洛桑,那儿有一座农业试验站,是他的大学教材《统计学实验规划》的作者霍尔斯特德和麦金太尔工作过的地方。参观了试验站的花园和温室之后,面试进行得很顺利。他申请的职位是初级试验员。现在他明白了,这份工作的职责包括安排试验作物的栽培布局,记录不同栽培方法得到的产量,再用试验站里的计算机进行数据分析,所有工作都将在高级试验官的指导下进行。具体的农活将由农业官员监督下的园艺工人操作；他不用弄脏自己的双手。

几天后来了一封信，确认他获得了这份工作，年薪六百英镑。他喜不自胜。干得多漂亮！在洛桑工作！南非的那些人肯定不会相信的！

但有一个问题。那封信的末尾提到："职工住宿可在村里或市建公房区安排解决。"他回信说：他接受这份工作，但想继续住在伦敦市内。他可以每天通勤去洛桑。

他接到人事处的电话，得到了回复：每日通勤是不现实的。他得到的不是文书工作，没有固定上下班时间。有些日子里，他要很早开始工作；而另一些日子里，他将不得不工作到很晚，甚至周末也要工作。因此，他要和所有试验员一样，必须住在试验站附近。他要不要重新考虑一下，再给他们最终的决定？

他的胜利感被一笔勾销。如果他必须听从分配，住在城外几英里外的公房里，天还没亮透就去测量豆类植物的高度，那他从开普敦大老远地来伦敦又有什么意义呢？他想加入洛桑试验站，想为自己苦读多年的数学找到一席用武之地，但他也想去诗歌朗读会，结交作家和画家，来几段风流情事。他怎么能让洛桑的那些人——穿花呢外套、抽烟斗的男人们，头发扭结、戴着猫头鹰式眼镜的女人们——理解这一点呢？他怎么能在他们面前坦然流露爱情、诗歌这样的字眼？

但他怎能拒绝这份工作呢？一份像模像样的工作眼看就到手了，而且还是在英国。他只需要说一个字——行——他就能写信通知母亲了，这是她等待已久的好消息，可以让她正大光明地说自己的儿子得到了一份薪水可观、令人尊敬的好工作。然后,她就会一个接一个给他父亲的姐妹们打电话,宣布"约翰在英国当上科学家啦"。那将最终让她们不再吹毛求疵、冷嘲热讽。科学家:还有什么比科学家更可靠呢?

可靠是他始终欠缺的东西。可靠就是他的致命弱点。要说聪明,他够聪明了(虽然没有他母亲也没有他自己一度认为的那么聪明);但他从来都不算很靠谱。就算洛桑的工作不能立刻让他变得靠谱,也至少能给他一个职称、一间办公室、一个保护罩。初级试验员,日后就会是试验员,然后是高级试验官——在如此卓越、令人尊敬的保护罩后面,他肯定可以继续致力于将体验转化为艺术,秘不示人,私下进行,那才是他天生该做的工作。

这就是去农业试验站的理由。不去农业试验站的理由则是:它不在浪漫之都,伦敦。

他写信给洛桑。信上说:经过慎重考虑,综合各方面的情况,他认为最好还是谢绝这份工作。

报纸上满是计算机程序员的招聘广告。最好有理科学位,但这并非必要条件。他听说过计算机编程,但并不清楚这种工作到底要做什么。他从未见过计算机,除了在动画片里,动画片里的计算机看上去就是会吐出一卷卷纸的方盒子。据他所知,南非没有计算机。

他回应了IBM的招聘启事,因为IBM是最大、最好的公司,他穿上离开开普敦前新买的黑色西装去参加面试。IBM的面试官三十来岁,也穿了一套黑西装,但剪裁更时髦、更修身。

第一个问题,面试官想知道他是否永远离开南非了。

是的,他回答。

为什么?面试官问。

"因为那个国家要爆发革命了。"他回答。

沉默。有可能,革命这个字眼不太适合出现在IBM的会客厅里。

"你觉得,"面试官说道,"这场革命会在什么时候爆发?"

他有现成的答案。"五年内。"沙佩维尔事件之后,人人都这么说。沙佩维尔事件标志了结束的开始:越来越不择手段的白人政权必将走向终结。

面试之后,他要完成智商测试。他一向很享受智商测试,成绩一向很好。笼统地说来,他在测试、考察、考试中的表现总比在现实生活中更好。

不出几天,IBM就给了他一个实习编程员的职位。如果他在培训期间表现良好,继而通过试用期,他就将成为正式编制的程序员,日后还能晋升为高级程序员。他将在伦敦西区中心纽曼街和牛津街交叉口的IBM数据处理中心开始这番事业。上班时间是朝九晚五。起薪是每年七百英镑。

他毫不犹豫地接受了所有条件。

同一天,他在伦敦地铁里经过布告栏,看到了一则招聘启事:欢迎申请地铁站领班的实习职位,年薪七百英镑;最低教育程度为中学毕业;最低年龄为二十一岁。

英国的所有工作都是同等薪酬吗？他很困惑。如果真是这样，读出大学学位还有什么意义呢？

他发现还有两个实习生和自己一起上编程课：一个是来自新西兰的女孩，相当漂亮，还有一个是很年轻的伦敦青年，满脸粉刺；除他们之外还有十几个IBM的客户和经销商。照理说，他应该是这个班上最优异的，或许还有那个新西兰女孩，因为她也有数学的学位；但事实上他学得很艰难，很难理解正在教授的内容，书面习题也做得一塌糊涂。第一周课程结束前有一次测验，他险些儿没及格。指导老师对他很不满意，也毫不犹豫地表达出他的不悦。现在的他置身于商业世界，他发现了，在商业世界里你不需要客气。

编程这件事有一点让他困惑，但就连班上的那些生意人都能毫无障碍地弄明白。他天真地以为，计算机编程就是把符号逻辑思维和集合论转换成数字编码。然而，课上讲的全是关于库存和外流、客户A和客户B。到底什么是库存和外流，和数学到底有什么关系？他还不如做个负责分类卡片的小职员；也不如去做地铁站的实习领班。

第三周课程结束时是终考，他成绩平平地通过了，得到了去纽曼街工作的资格，和另外九个年轻的程序员待在同一间办公室里，分到了一张办公桌。所有办公家具都是灰色的。他在办公桌抽屉里发现了纸、一把尺、几支铅笔、削笔刀和一本黑色塑料封皮的小记事本。本子封面上用大写体印着**思考**（THINK）二字。主管在大办公室外面有自己的小隔间，办公桌上有一块写着**思考**的牌子。思考是IBM

公司的座右铭。他们让他明白,IBM 的独特之处就在于坚持不懈投入思考。雇员们要自发地在所有时间段投入思考,这样才能达到 IBM 创始人托马斯·J. 沃森的理想。不思考的员工不属于 IBM,不属于这个商业机器王国里的贵族公司。在美国纽约州白原市,IBM 总部实验室里进行的最前沿的计算机科学研究比全世界所有大学院校里进行的所有计算机实验还要多。白原市科学家的薪酬比大学教授的还高,而且,不管他们可能需要什么,总部都会提供。作为回报,只要求他们思考。

虽然纽曼街的数据处理中心的上班时段说是朝九晚五,但他很快就发现,男性员工五点准时下班会招致不满。要顾家的女性员工五点下班是不会引人说三道四的;男人就该至少工作到六点。要是来了个急活儿,他们可能必须干个通宵,找个间隙去小酒吧吃点东西。因为他不喜欢小酒吧,索性一口气干到底。他很少在晚上十点前到家。

他在英国,在伦敦;他有一份工作,很体面的工作,比仅仅教书强多了,还有固定工资。他逃离了南非。一切进展顺利,他已然达成了自己的第一个目标,本该很开心。但事实上,几星期过去后,他发现自己越来越痛苦了。恐慌感会突然袭来,需要他费劲地加以平息。办公室里只有金属的平面,没有可堪一看的东西。在没有阴影的霓虹灯强光下,他觉得自己的灵魂备受打击。办公楼是一栋毫无特色可言的水泥配玻璃的建筑,似乎散发出一种无色无味的气体,钻进他的血液,让他麻痹。他敢发誓,IBM 正在杀死他,把他变成一具僵尸。

然而他不能放弃。巴尼特山现代中学,洛桑,IBM;他不敢一连三次失败。失败,就会太像他父亲了。借由 IBM 这个冷酷、灰色的介质,现实世界正在考验他。他必须磨炼自己,乃至能够忍耐。

六

要摆脱 IBM 的时候,他的避风港是电影院。在汉普斯特德的人人影院里,他尽情看遍了世界各地的电影,导演的名字都是他以前闻所未闻的。他把安东尼奥尼电影展上的每一部片子都看了。在名叫《蚀》的电影里,有个女人在荒无人烟的城市里漫无目的地逡巡在明烈日光下的街头。她烦恼不安,显得很痛苦。他说不清她究竟为何痛苦,她的神情没有透露任何隐情。

这个女演员叫莫妮卡·维蒂。拥有完美的腿形、性感的双唇,游离的神态的莫妮卡·维蒂让他无法忘怀;他爱上了她。他做了个梦,梦里的他从全世界的男人中脱颖而出,成为唯一能够安慰她、舒缓她的人。他的门上响起一记轻叩。莫妮卡·维蒂站在他面前,一根手指竖在唇间,示意他不要出声。他迈向前去,将她拥入怀中。时间停止了:他和莫妮卡·维蒂合二为一。

不过,他真的是莫妮卡·维蒂寻求的爱人吗?他能比电影里的那些男人更好地平息她的痛苦吗?他无法确定。就算他能为他俩在伦敦某个雾气蒙蒙、安静的区域找到一间屋子,一个隐秘的栖身处,他怀疑,她依然会在凌晨三点悄悄下床,坐在桌边明晃晃的孤灯下,沉思,饱受痛苦。

莫妮卡·维蒂和安东尼奥尼电影里的其他角色所承受的那种痛苦,他是不太了解的。实际上,那根本不是痛苦,而是某种更深邃的东西:焦虑。他愿意体验一下,哪怕只是为了明白那究竟是什么样的感受。不过,就算愿意尝试,他也无法在内心找到任何可以让他认定是焦虑的东西。焦虑似乎是一种欧式、彻底欧式的东西,还没找到进入英国的途径,更别说英国的殖民地了。

《观察者报》上的一篇文章有所解释,认为欧洲电影里的焦虑感从根源上说是对核毁灭的恐惧,也是上帝之死所引发的不确定感。这种说法不能让他信服。他无法相信是氢弹,或上帝不能再指示她,迫使莫妮卡·维蒂顶着怒燃炙日游荡在巴勒莫街头,她明明可以待在凉爽的酒店客房里享受男人给的欢爱。无论切实的解释是什么,肯定比这种说法要复杂。

焦虑感也同样折磨着英格玛·伯格曼的角色,导致了他们不可救药的孤独。但在谈及伯格曼电影里的焦虑时,《观察者报》的文章建议读者不要太把它当回事儿。文章是这样写的:那有一点自命不凡的感觉,是一种必定和北欧漫长的冬季、狂饮宿醉的长夜有关的矫揉造作。

他开始觉察到,就连理应崇尚自由的报纸——《卫报》《观察者报》——都对精神生活有敌意。面对某些深刻而严肃的议题时,他们会当即讥嘲,用一句俏皮话打发了事。只有在第三频道这样如同飞地的小平台上,美国诗歌、电子音乐、抽象表现主义这类新艺术才会得到严肃的对待。当代英国正在变成一个不关心艺术文化、平庸得让人不安的国度,和威廉·亨利①笔下的英国、埃兹拉·庞德 1912 年强烈谴责的威风凛凛大游行时代没什么不同。

那他在英国干吗呢?来这儿是个巨大的错误吗?换地方是不是太晚了?假定他可以学好法语,艺术家之都巴黎会与他更投契吗?斯德哥尔摩怎么样?他猜想,在精神层面,斯德哥尔摩会让他很自在。但瑞典语怎么办?还有,他要如何谋生呢?

在 IBM 公司里,他只能保守莫妮卡·维蒂的秘密,也不能暴露自己在艺术上的抱负。有个名叫比尔·布里格斯的程序员把他当作了朋友,他也不清楚是为什么。比尔·布里格斯是个脸有痘印的小矮个儿,有个名叫辛西娅的女朋友,他打算和她结婚,期待尽快攒够钱交首付款,好买下一栋温布尔登的联排住宅。别的程序员讲话时都带有他不知道哪里的文法学校的口音,每天开工前都会把《电讯报》翻到财经版,查看股票价格,但比尔·布里格斯有标志性的伦敦腔,存钱也是在建屋互助会的账户里。

尽管出身很普通,要说比尔·布里格斯在 IBM 没可能飞黄腾达却是没道理的。IBM 是美国公司,不用顾及英国人的阶级等级。这是 IBM 的优点:各式各样的人都能晋升到最高职位,因为对 IBM 来说,最重要的莫过于忠诚、刻苦、专注地工作。比尔·布里格斯工作很卖力,毫无疑问也对 IBM 忠心耿耿。而且,比尔·布里格斯似乎对 IBM 公

---

① William Ernest Henley(1849—1903),英国诗人、评论家。

司、对纽曼街的数据处理中心的远大前景有很深的领悟,比他高瞻远瞩得多。

IBM公司给雇员提供午餐券。用一张三先令六便士的午餐券可以吃得很好。他自己喜欢去托特纳姆考特街上的里昂小饭馆,你想去沙拉吧取几次菜都没问题。但IBM的程序员们特别偏爱夏洛特街上的施密特饭店。所以,和比尔·布里格斯一起的话,他们就去施密特吃维也纳小牛排或罐焖兔肉。有时想换换口味,他们就去古居街上的雅典娜餐厅吃希腊肉末茄子。午餐后,要是不下雨,他们会在附近的街上散会儿步,再回到办公桌前。

有些话题是不能碰的,他和比尔·布里格斯对此心照不宣,但其范围之广令他惊讶:简直没剩下什么事情可谈了。他们不谈各自的期许或更远大的抱负。他们在私人生活、家庭背景、成长经历、政治、宗教和艺术话题上都一概缄口不言。要不是他对英国足球俱乐部一无所知,倒是可以聊聊足球。所以,他们只能聊聊天气、铁路罢工、房价,还有IBM:IBM的未来计划、IBM的客户及其各自的计划、谁在IBM公司内部说了什么。

这让谈话又单调又沉闷,但也有好处。仅在两个月前,他在南安普顿码头上岸、走进毛毛细雨中时还是个无知的乡下人。现在的他却在伦敦市中心,和别的伦敦办公室雇员一样穿着黑色制服,与一个地地道道的伦敦人就日常话题交换意见,成功应对了社交谈话所需的所有礼仪。如果他继续进步,更注意元音的发音,很快就不会有人多看他一眼了。在人群中,他将与伦敦人无异,甚或很快就能算是英国人了。

既然有了收入,他就可以在伦敦北区阿奇维路单独租一间屋了。房间在三楼,看得到水库。房里附有煤气取暖器和一个小壁橱,里面搁了煤气炉、食品和厨具架。角落里有煤气表:你投入一先令,就能得到价值一先令的煤气。

他在吃的方面没什么变化:苹果、燕麦粥、面包和奶酪,还有名叫齐普拉塔、加了香料的小香肠,他用煤气炉煎来吃。相比于真正的香肠,他倒是更喜欢齐普拉塔,因为这种小香肠不需要冷藏。煎的时候也不太出油。他怀疑肉末里掺了很多土豆粉。但土豆粉对人也没什么坏处。

因为他总是早出晚归,几乎见不到别的房客。很快,规律就形成了。他会在周六去书店、美术馆、博物馆和电影院。周日在自己屋里看《观察者报》,然后去看场电影,或去汉普斯特德野地公园散步。

周六和周日晚上是最难熬的。他通常能够压制住的寂寞会在那时候席卷而来,那种寂寞和伦敦阴沉、潮湿、灰色的天气混为一体,和人行道上的生硬冷漠也没有区别。他可以感觉到自己的脸因为缄默而变得僵硬、麻木;就连IBM及其公式化的交流也好过这种沉默。

他渴盼的是:在毫无特色的往来人群中会出现一个回应他凝视的女人,一言不发地悄然潜行到他身边,和他一起回到他的卧室兼起居室(仍然一言不发——他们之间的第一个词会是什么?——这是无法想象的),和他做爱,消失在黑夜里,第二天夜里重新出现(将在他埋头读书时响起敲门声），再次拥抱他，在午夜钟声响起时再次消失，如此反复，就此改变他的生活，释放出一股压抑已久、按照里尔克《献给奥尔弗斯的十四行诗》的格式写成的诗的激流。

开普敦大学来了一封信。信中说，鉴于他考试成绩优秀，校方可以授予他这位优等生二百英镑的奖学金，资助他读研究生。

这笔钱不算多，如果他要报考英国的大学，那就远远不够了。无论如何，现在他已经找到工作了，不可能放弃，想都别想。除了拒绝这笔奖学金之外，就只剩下一个选择：申请在开普敦大学做缺席硕士生。他填好了报名表。在"研究重点"那栏，他经过充分考虑后写下了"文学"。写"数学"当然很好，但事实是：要继续深造数学的话，他不够聪明。文学或许不像数学那样高贵，但至少文学领域里没什么会吓倒他。至于研究的课题，他考虑过埃兹拉·庞德的《诗章》，但最终还是选定了福特·马多克斯·福特的小说。读懂福特至少不用懂中文。

福特，本来姓休弗，祖父是前拉斐尔画派的画家福特·马多克斯·布朗。1891年，福特十八岁就出版了处女作，之后始终以文为生，直到他1939年去世。庞德称赞他为当时最伟大的散文文体家，并严厉谴责英国公众对他太不重视。到目前为止，他已经读过了五本福特的小说——《好兵》和《检阅结束》四部曲——确信庞德所言不虚。福特小说的情节复杂、交错的时间线令他为之倾倒，还有那种精妙的创作手法：看似随意、并无匠心地重复的一句话，却会在几个章节后作为重要的主题彰显出来。他也被克里斯托弗·蒂金斯和比他小很多的瓦伦丁娜·万诺普之间的爱情深深打动了,尽管瓦伦丁娜心甘情愿,蒂金斯却克制了自己,没有走到最后一步,因为(蒂金斯说的)男人不该让一个又一个处女失去贞洁。蒂金斯的言行精简克制,却充分体现了最基本的礼仪,在他看来,这种气质值得大赞特赞,堪称英国品性之精髓。

他对自己说,如果福特能写出五部这样的杰作,在刚刚才完成编目的庞杂文集中,肯定还有更多尚未被发掘的杰作,他可以帮助那些杰作得到更多人关注。说干就干,他打算把福特的所有作品都读完,周六一整天、两个工作日晚上都泡在大英博物馆的阅览室,因为这个阅览室每周有两个晚上延长夜间开放时间。虽然福特的早期作品挺令人失望的,但他锲而不舍,还找了个理由:想必那时候的福特还在磨炼技艺。

某个周六,他和邻桌的阅读者聊了起来,还去博物馆的茶室一起喝了杯茶。她叫安娜,原籍波兰,讲话时还有一点点波兰口音。她告诉他,她是研究员,到阅览室看书是她本职工作的一部分。目前,她正在查阅尼罗河源头的发现者约翰·斯皮克的生平资料。反过来,他也把福特、福特和约瑟夫·康拉德合作写书的事讲给她听了。他们聊到康拉德在非洲的岁月,也聊到他早年在波兰生活,后来则迫切渴望成为英国乡绅。

和她交谈时他在想:他,一个拜在福特师门下的弟子,在大英博物馆的阅览室里偶遇了康拉德的同胞,这是不是某种预兆?安娜是他命中注定的那个人吗?她不美,这是肯定的;她年纪比他大;脸庞瘦削,甚至有点枯憔;她穿的是很实用的平底鞋,一条无型无款的灰裙子。但谁敢说他配得上更好的女人呢?

他几乎就要约她了,也许去看场电影;但就在那一瞬间他失去了勇气。万一他表露了心迹,却和她擦不出火花,那该怎么办?他怎么才能不失颜面地抽身而出?

在他想来,阅览室里还有其他孤独的常客,和他一样。比方说,有个麻子脸的印度人,身上散发出疮疖和用过没换的绷带的气味。每次他要去洗手间时,这个印度人似乎都跟在他后面,差点儿就要搭腔,却始终没能开口。

终于有一天,他俩肩并肩站在水槽前时,印度人开口了。他是国王大学的吗?那男人生硬地问道。不是,他回答,是开普敦大学的。要不要去喝杯茶?那男人问道。

他们便一起去茶室坐了下来。那人就自己的研究课题说了一大通:关于环球剧院观众的社会构成。他不是特别感兴趣,但还是尽力仔细去听。

精神生活,他暗自想道:我和这些孤独地流浪在大英博物馆深处的人,我们都把自己奉献给精神生活了吗?有朝一日,我们会得到回报吗?我们的孤独会升华吗?抑或精神生活本身就是精神生活的回报?

七

周六下午三点。阅览室一开门他就来了,一直在读福特的《汉普蒂·邓普蒂先生》,这部小说非常乏味,他不得不强忍困意。

用不了多久,阅览室就要关门了,整个大英博物馆也会闭馆。阅览室周日不开门;从现在开始到下个周六,只能在晚上挤出个把钟头去看书。他应该坚持到闭馆时刻吗,哪怕已经哈欠连天了?说到底,这项雄心勃勃的阅读大业有何意义?假定他未来的生活就是给计算机编程,那么,一个程序员获得英语文学的硕士学位究竟有什么用?他打算发现的尚未被发掘的杰作都在哪儿呢?《汉普蒂·邓普蒂先生》显然不在其列。他合上书,收拾东西。

外面天色已暗。他迈着沉重的步伐,沿着大罗素街走到了托特纳姆宫路,再往南走向查令十字街。聚在人行道上的大都是年轻人。严格来说,他和他们是同龄人,但他没有这种感觉。他觉得自己已入中年,是个早熟的中年人:俨如那些面无血色、聪明的脑门儿上发际线后退、精疲力竭、皮肤一碰就会裂成碎片的学者。但他骨子里仍是个孩子,对自己在这世上的位置茫然不知,害怕,迟疑。在这座冷酷而巨大的城市里,仅仅为了在这里活下去,他就要始终拼命抓牢,力求不要坠跌,他到底在做什么?

查令十字街上的书店会开到六点。六点前,他还有地方可去。之后就会游荡在周六夜里寻欢作乐的人群中间。他可以随着人流逛一会儿,假装他也在找乐子,假装他有地方可去,有人要见;但最终他将不得不放弃,搭火车回到阿奇维站,回到他冷冷清清的房间。

他证实了一点:名声远及开普敦的福伊尔书店很让人失望。大家都吹嘘福伊尔囤有一切出版物,这显然是说大话。不管怎么说,店员们大都比他还年轻,一问三不知,没法告诉他该去哪里找他要的书。他更喜欢迪龙书店,不过迪龙的书上架摆放得略显随意。他尽量一周去一次,看看有什么新货色。

他在迪龙的众多杂志里无意间发现了《南非共产党人》。他听说过这本杂志,但在此之前从未亲眼见过,因为在南非是被禁的。让他大吃一惊的是,撰稿人里竟然有些和他年纪相仿的开普敦人——那种白天睡一整天、晚上参加派对、喝得醉醺醺的大学生,完全依靠父母为生,考试不及格,三年的学位要五年才能读完。然而,他们却在这儿写出了看似权威的文章,从经济学的角度分析流民劳工或特兰斯凯农村起义。他们,在整夜跳舞、喝酒和纵情声色时,究竟是怎么找出时间去了解这些事的?

不过,他来迪龙的真正目标是诗歌杂志。前门后的地板上胡乱堆了一沓:《界限》①《日程》②《卒子》;在基尔那

---

① Ambit,1959年由小说家马丁·巴克斯(Martin Bax)创立的英国文学季刊。
② Agenda,1959年由埃兹拉·庞德和威廉·库克森(William Cookson)在英国创立的著名诗歌杂志。

么偏远的地方用滚轮复印机印制的小册子;早已过期、凑不成双的美国评论杂志。他每种都买一本,堆在自己房间里,全神贯注地读,想搞清楚谁写了什么,如果他也要争取刊发的机会,哪本杂志最适合他?

英国的期刊里大都是描写日常思考、生活体验的小诗,中规中矩,让人提不起劲,若是半个世纪前根本不会有人多看一眼。这是怎么了,英国诗人的雄心壮志呢?难道他们还没反应过来,爱德华·托马斯①和他的世界已一去不复返了?难道他们没有从庞德和艾略特,更不用说从波德莱尔和兰波、希腊讽刺短诗人和中国人那儿学到什么?

不过,他对英国诗人下这样的判断可能操之过急了。也许他挑错了杂志,也许还有别的更激进的出版物,但没有摆入迪龙书店。也可能有一个富有创新精神的小圈子,但主流诗坛的氛围让他们过于丧气,因而懒得去想办法把刊登他们诗作的杂志送到迪龙这样的书店。比方说《暗店》②。去哪儿才能买到《暗店》呢?如果真有这样开明的文学圈,他怎样才能摸清他们的情况,又怎样进入那个圈子呢?

至于他自己的写作嘛,如果明天会死,他希望能留下几首诗,被某些无私的学者编辑后,以私人发行的方式印些十

---

① Edward Thomas(1878—1917),英国诗人、散文家、小说家。
② Bottega Oscure,1948—1960年由嫁给意大利贵族的美国记者、出版人、艺术品收藏家玛格丽特·卡尔泰妮(Marguerite Caetani)创建的文学期刊,每年两次出版发行于意大利罗马,刊载五种语言的文学作品。

二开本的简洁的小册子,能让人们摇头轻叹,"多么有前途!多么可惜啊!"这是他的美好愿望。但事实上,他写的诗非但越来越短,而且——他无法抑制这种感觉——越来越不扎实了。他好像不再具有十七八岁时那种盛产诗句的能力了,有时候一首诗就长达几页,洋洋洒洒,有的地方很稚拙,但很敢写,充满了新奇感。那些诗,或者说其中的大部分,都出自恋爱中的苦楚,以及他当时大量阅读后的灵感迸发。现在,四年之后,他仍有苦楚,但他的痛苦已变成习惯性的,甚至是长期的,就像永远不会消停的头痛。现在他写的都是苦笑冷嘲的短诗,无论从任何一个层面看都是微不足道的。无论名义上的主题是什么,占据中心的都是他自己——进退两难、孤独、凄惨;然而——他不可能看不出这一点——这些新作缺乏活力,甚至缺乏探究自己精神的僵局的渴望。

说实话,他从早到晚都累到不行。IBM 的大办公室里,他在自己的灰色办公桌边,拼命掩饰一阵又一阵的哈欠;在大英博物馆,书上的字在他眼皮底下游移晃动。他只想把脑袋沉在臂弯里,睡上一觉。

不过,要说他在伦敦的生活是没有计划或没有意义的,他决不认同。一个世纪前,诗人用鸦片或酒精让自己狂放,以便在疯狂的边缘转述他们亲眼之所见、亲身之所感。他们用这种方法把自己变成了先知、预言家。鸦片和酒精不是他的良方,他太怕那些东西会给他的健康造成某种危害。但是,极度疲惫和悲惨不也能制造同样的效果吗?生活在精神崩溃的边缘,难道比不上生活在疯狂的边缘?为什么——比起一身黑西装,做着摧毁灵魂的办公室工作,要么忍受至死方休的孤寂,要么忍受没有欲望的性爱——躲藏在左岸没付房租的某个阁楼里,或是胡子拉碴、不加洗漱、满身臭气地从一个咖啡馆逛荡到另一个咖啡馆、蹭朋友酒喝就算是更伟大的牺牲,就能让个性泯灭得更彻底呢?时至今日,苦艾酒和破衣烂衫肯定都过时了吧。不管怎么说,欺骗房东、拖欠房租到底算哪门子英雄气概?

艾略特在银行工作。华莱士·史蒂文斯①和弗朗茨·卡夫卡在保险公司工作。以其独特的方式,艾略特、史蒂文斯和卡夫卡所受的折磨并不比坡②和兰波少。自告奋勇地追随艾略特、史蒂文斯和卡夫卡没什么不光彩的。他的选择就是和他们一样,穿一身黑西装,像套上着火的衬衫那样,不剥削任何人,不欺骗任何人,不欠任何人债,自力更生。在浪漫主义时代,发疯的艺术家数量多到夸张。借由谵言狂诗、浓墨重彩的堆积,疯狂从他们体内倾涌而出。那个时代已经过去了;如果他的宿命就是要忍受疯狂,属于他的疯狂将是另一种形式的——安静的、谨慎的。他会坐在角落里,拘谨的,弓着背,像丢勒蚀刻版画里穿长袍的男人,耐心地等待他在地狱里的时限终结。地狱里的日子过去后,他就会因忍耐而变得更强大。

这是他感觉尚好的日子里对自己讲述的版本。别的日子里,也就是感觉很糟的日子里,他会困惑地去想:像他的

---

① Wallace Stevens(1879—1955),美国著名现代主义诗人。
② Edgar Allan Poe(1809—1849),美国作家、诗人、编辑和文学批评家,美国浪漫主义运动的重要人物。

意志那样单调的情感,能不能滋养出伟大的诗歌呢?他心中曾一度强烈的音乐性的冲动已然消弭。现在的他正在失去诗意的冲动吗?他要因此从诗歌转向散文吗?私下里说,散文算不算第二选择,只是衰退的创造精神的后花园?

在过去一年写的诗里,他只喜欢一首只有五行的诗:

> 捕岩虾的渔夫的妻子
> 都已习惯了独自醒来,
> 她们的丈夫几百年来都在拂晓出海;
> 她们的睡梦也不像我的纷扰不安。
> 如果你已离去,就去捕岩虾的葡萄牙渔夫那儿吧。

捕岩虾的葡萄牙渔夫:他暗自得意能把如此世俗的词组用进诗里,哪怕一旦细细琢磨,诗本身的意味就会越来越淡。他储备了很多单词和短语,有世俗的也有深奥的,都等着他为它们找到安身之所。比方说 *perfervid*①:他早晚会把这个词安插在一首讽刺短诗里。那首短诗会有深奥的渊源:它是为了一个词语量身定做的,俨如一枚胸针可以是最能衬托一颗宝石的舞台。那首短诗看上去会是写爱情或绝望的,但其实是从一个读音悦耳、他尚且不能确定其深意的词语中绽放出来的。

以机智的短诗为基础足以建起诗歌大业吗?作为一种诗体,短诗本身无可指摘。丰沛的感觉可以被浓缩在一行

---

① 形容词,意为热心的、过度热情、热烈的、激烈的。

诗句里,希腊人已再三证实了这一点。但是,他的短诗始终无法企及希腊诗的浓度。它们常常匮乏感觉;常常只能透出书呆子气。

"诗歌不是情感的宣泄,而是对情感的一种逃脱。"艾略特这样说过,他把这句话抄在日记里了。"诗歌不是个性的表达,而是对个性的一种逃脱。"艾略特又在其后尖刻地补充了一句:"但只有那些拥有个性和情感的人才知道从中脱离是什么意思。"

仅仅把情感倾诉于纸面会让他畏惧。一旦开始倾诉,他就不知道该怎么停止。那就像切断一根动脉,眼看着自己的命脉之血喷涌而出。幸运的是,散文不需要感情:这是实话。散文就像平顺、宁静的水面,你可以悠然地随风而行,在水面上留下涟漪。

他腾出了一个周末,第一次尝试写散文。如果那成其为一次实验,那么,在实验过程中自然浮现出来的故事是没有所谓情节的。所有重要的事情都发生在叙述者的头脑里,一个没有名字、太像他自己的青年带一个没有名字的女孩去寂寥的海滩,看她游泳。透过她的一些小动作、一些无意识的举止,他突然确信她曾对他不忠;而且,他也意识到她看出来他知道了,她并不在乎。就这样。文章就这样结束了。这就是梗概。

写完这个故事,他不知道该拿它怎么办。除了无名女孩的原型人物之外,他也没有拿给别人看的冲动。但他已经和她没有联系了,而且,如果不加提示,她就算看了也认不出那写的是她。

故事的背景设定在南非。他很不安地发现自己仍在写和南非有关的东西。他宁可把南非的自己抛在身后,就像把南非的土地抛在身后那样。南非是个坏起点,是种障碍。一个平凡无奇的乡村家庭,劣质的学校教育,南非荷兰语;或多或少地,他已逃脱了这一个个的障碍。现在的他在广阔的世界里自食其力,干得还不错,至少没有失败,没有明显的败笔。他不需要任何东西提醒他想起南非。就算明天大西洋的潮汐冲垮了非洲大陆的最南端,他也不会流一滴眼泪。他将是被拯救的人之一。

虽然他写的那个故事微不足道(那是毫无疑问的),但写得并不差。不过,他看不出有什么必要谋求发表。英国人看不懂的。故事里提到的海滩只会让他们笼统地想到英国人认为的海滩:小浪花拍打的几块卵石。他们想象不出巨浪冲撞的峭壁石崖下的一大片耀眼的沙滩,在高空搏击狂风的海鸥和鸬鹚发出刺耳的尖叫。

看起来,散文和诗歌在其他方面也是有所不同的。诗歌里的事件可以在处处发生,也可以根本不在任何一处发生;寂寞的渔夫之妻们是住在考克湾还是葡萄牙还是缅因州都无所谓。而散文似乎总是喋喋不休地要求一个具体的背景。

他对英国还没有熟悉到可以在散文中写英国的程度。他甚至没有把握可以写好他最熟悉的那部分伦敦:步履艰难地去上班的伦敦人,又冷又下雨的伦敦,没有窗帘、只有四十瓦灯泡的伦敦的卧室兼起居室。就算他试着去写,他估计,写出来的伦敦和任何单身男性小职员心目中的伦敦也不会有什么差别。他对伦敦可能有自己的看法,但那种看法并没有与众不同之处。就算他的看法有其强烈之处,那也只是因为眼光之狭窄,狭窄则是因为对自己小圈子之外的事情都一无所知。他还没有掌控伦敦。要说掌控,那也是伦敦在掌控他。

八

　　第一次冒险进入散文领域预示了他人生的一次转向吗？他要正式放弃诗歌吗？他不能确定。但是，如果他打算写散文，那他或许就不得不一口气干到底，变成一个詹姆斯式的作家。亨利·詹姆斯展示了一个人该如何超越单纯的国籍。事实上，詹姆斯把故事设置在哪里——是在伦敦还是巴黎还是纽约——总是不太明了的，詹姆斯就能如此高超地凌驾于日常生活机制之上。詹姆斯笔下的人物不必付房租，也显然不必拼命保住工作；需要他们做的，仅仅是进行微妙无比的谈话，继而带来权力的细微转移，旁人都看不出来，那种细微只有老练的眼光才能看出来。这类转移发生得够多了之后，故事中的各个角色间的权力平衡就会(终于！①)显现出突如其来、不可逆转的改变。就是这样：故事完成了职责，可以结束了。

　　他给自己布置了练习，按照詹姆斯的风格去写。不过，掌握詹姆斯的写法不像他预想的那么容易。让他想象出的各色人物进行微妙无比的谈话就好比让哺乳动物飞翔。只

---

　　①　原文为法语。

有那么一小会儿,他们扑腾着胳膊才能在稀薄的空气里稳住自己。然后就一头栽下。

亨利·詹姆斯的感知力比他的敏锐,这是无可置疑的。但那不能解释他的全面溃败。詹姆斯想要你相信,那些谈话、那些语词的交流才是重中之重。他发现,尽管他准备好接受这个信条了,但在伦敦,他不能真的按照这个信条去做,这个用无情的齿轮碾压他的城市,这个他必须从中汲取写作养分的城市,否则他何必到这儿来呢?

曾几何时,当他还是个天真的孩子时,他笃信聪明是唯一重要的准则,只要他够聪明,就能获得他想要的一切。上大学让他有了自知之明。大学让他明白了,他不是最聪明的,还差得远呢。现在,他面对真实的生活,甚至都没有可以让他发挥一下的考试了。看起来,在现实生活中,他能做好的事情就只有忍受痛苦。就痛苦这一科目而言,他仍是班中翘楚。他能引来并忍受的痛苦似乎是没有限制的。甚至当他行走于这个异国城市冰冷的街道中时,漫无目的,仅仅为了走到筋疲力尽,好让他在到家时至少能倒头就睡,他都没在内心感到哪怕最轻微的、被痛苦的重压压倒的可能性。痛苦是他的基本要素。他在痛苦中俨如鱼在水中。如果痛苦全被废除,他就会不知道该何去何从。

幸福,他对自己说,对人毫无教益。相反,痛苦为人指明未来的方向。痛苦是教导灵魂的学校。从痛苦的海洋中游抵彼岸时,你会得到净化,变得强大,足以应对人生艺术的再一次挑战。

不过,痛苦给人的感觉不是荡涤人心的沐浴。恰恰相反,那种感觉犹如身在一池脏水中。每一次从崭新的痛苦中出现的他并非更明净、更坚强,而是更迟钝、更疲软了。所谓痛苦的净化功能究竟是如何运作的?是他潜得不够深吗?他是不是必须游过痛苦的普通层次,深入忧郁和疯狂的境地?他从没见过真正算得上疯狂的人,但他没把杰奎琳忘掉,和他在单间公寓里断断续续同居了六个月的杰奎琳,据她自己所言,她正在"进行治疗"。杰奎琳从来没有爆发出神圣的、令人振奋、火光般闪耀的创造精神。恰恰相反,她自恋,喜怒无常,和她相处令人心力交瘁。他要堕落成那种人,才能成为艺术家吗?且不说疯狂或痛苦吧,当疲惫像戴着手套的手攫住你的脑子使劲挤的时候,你还怎么去写作呢?还是说,他所谓的疲惫其实只是一种试炼,一场伪装过的考验,并且是他眼看着要考砸的一场测试?疲惫过后,还会有更多的考验随之而来吗?和但丁笔下的地狱一样一层又一层吗?在荷尔德林、布莱克、庞德和艾略特那样的大师们必须挨过的所有考验中,疲惫只是第一种吗?

他希望这能许给他活力,哪怕就一分钟、一秒钟,让他明白爆发出神圣艺术之火究竟是什么感觉。

受苦,疯狂,性:祈求圣火降临自身的三种方法。他去过痛苦的下游地带了,他触及过疯狂了,他对性又有什么了解呢?性和创造力如影相随,人人都这样说,他对此没有疑虑。因为艺术家是创造者,拥有爱的秘密。在艺术家心中燃烧的火焰,女人可以用一种天生的直觉看到。女人本身没有那种圣火(也有例外:萨福①,艾米莉·勃朗特)。正是为了追寻她们自身缺乏的圣火,爱之火,女人们才去追求艺术家,把自己给他们。做爱时,艺术家及其女伴们在转瞬即逝、撩得人求而不得的急切中,稍稍体验到了众神的生活。这样的性爱之后,回到创作工作中的艺术家会更充实、更有力,回到自己生活中去的女人也得到了升华。

那他呢?要是没有哪个女人在他的呆板木讷、紧绷的冷峻背后探察到一星圣火的闪光,要是没有哪个女人不带着最强烈的疑虑委身于他,要是做爱时,无论他还是女人,熟悉的做爱方式既不紧张也不乏味,或是又焦虑又无趣,那么,是不是意味着他不是个真正的艺术家,或是忍受的痛苦还不够多,在炼狱——包括定时定量却没有激情的性交——中的时间还不够长?

对仅仅活着毫无兴趣,抱持这种高尚情操的亨利·詹姆斯对他产生了强烈的吸引。然而,尽管他努力了,他还是无法感受到詹姆斯向自己伸出手,幽灵般地触摸他的额头,祝福他。詹姆斯属于过去,在他出生前,詹姆斯就已辞世二十年了。詹姆斯·乔伊斯还活着,但也时日无多了。他很欣赏乔伊斯,甚至可以背诵《尤利西斯》中的几个段落。但乔伊斯和爱尔兰的关系太紧密了,太关注爱尔兰的事了,因而不能在他的神殿里有一席之地。埃兹拉·庞德和艾略特或许已经步履蹒跚了,笼罩在神话般的声名中,但他们还活

---

① Sappho,古希腊女诗人,生活在公元前约六百年的莱斯波斯岛。

着,一个住在拉帕洛,一个就住在伦敦。但如果他抛弃诗歌(或是诗歌要抛弃他),庞德和艾略特又能给他什么范例呢?

当代伟人中就只剩下一位了:D.H.劳伦斯。劳伦斯也是在他出生前去世的,但可以视其为意外情况而忽略,因为劳伦斯是英年早逝。他最早是在中学里读劳伦斯的,《查泰莱夫人的情人》是当时所有禁书中名声最坏的。大学三年级时,除了第一部练手的处女作,他已把他的所有著作都读过了。他的同学们也被劳伦斯深深吸引。从劳伦斯那儿,他们学到了如何打破文明习俗的脆弱外壳,让自身存在的黑暗内核展现出来。女孩们裙裾飘动,在雨中跳舞,把自己献给那些信誓旦旦能把她们带到黑暗内核去的男人。不能带她们去的男人们,就被她们不耐烦地甩掉。

他自己一直很谨慎,唯恐变成一个劳伦斯的崇拜者。劳伦斯书里的女性让他浑身不自在;他把她们想象成残酷无情的雌性昆虫,蜘蛛或螳螂。大学里有不少脸色苍白、一身黑衣、目光坚决、女祭司般的劳伦斯崇拜者,在她们的注视下,他觉得自己就像一只紧张得要死、迈着小碎步逃走的雄性小昆虫。他不能否认的是:他想和其中一些女生上床——毕竟,只有在带女人抵达她的黑暗内核之后,男人才能抵达自己的黑暗内核——但他实在太害怕了。她们的狂喜会汹涌如火山爆发,他太弱小了,恐怕招架不住。

更何况,追随劳伦斯的女人们有一套自己的贞洁原则。她们会进入漫长的冰冻期,在此期间,她们只希望独处,或与姐妹们共处,就连献出自己的身体的念头都会像是一种亵渎。只有男性用其黑暗的自我、专横傲慢的呼喊才能把她们从冰冷的睡梦中唤醒。他自己既不黑暗也不专横，或者这么说：他本性中的黑暗和专横至少还没显露出来。所以，他退而求其次，去找其他女孩，那些还没成为女人也可能永远不会变成女人的女孩，因为她们没有黑暗内核，或是没有值得一提的任何内核，那些女孩打心眼里并不想这么做，恰如他打心眼里也不能说很想这么做。

离开开普敦前的最后几星期里，他和一个名叫卡罗琳的女孩谈过一阵恋爱，她是戏剧系的学生，未来的志向在于舞台表演。他们一起去剧院看戏，通宵达旦地争论阿诺依①比萨特好、尤内斯库②比贝克特强；他们同床睡觉。贝克特是他最喜欢的，但卡罗琳不是特别喜欢，她说贝克特太沮丧了。他猜想，她不喜欢的真正原因在于贝克特没有为女性创造角色。在她的怂恿下，他甚至也动笔写起了剧本，一部关于堂吉诃德的诗体剧。但他很快就发现自己进了死胡同——这个古老的西班牙人的想法离他太遥远了，他没法把自己的想法套进去——就放弃了。

现在已过去几个月了，卡罗琳来伦敦了，联系了他。他们约在海德公园碰面。她的肤色仍是南半球晒出来的古铜色，活力四射，因为能到伦敦而兴奋，也因为能看到他而高兴。他们散着步走遍了公园。春天已经到了，夜晚变长了，树上长出了绿叶。他们搭上一辆去肯辛顿的巴士，因为她

---

① Jean Anouilh(1910—1987)，法国著名剧作家，善用古希腊悲剧题材。
② Eugène Ionesco(1909—1994)，罗马尼亚、法国剧作家，荒诞派戏剧的代表人物之一。

住在那儿。

她让他叹服,她的精力和她的进取心。她在伦敦只待了几星期就适应了新环境。她有一份工作;她的简历已投到各位剧院演出经纪人那儿;她还在高级住宅区找到了公寓,和三个英国女孩合租。他问她是怎么找到合租者的?她答说,朋友的朋友。

他们重拾恋情,但从一开始就有点艰难。她找到的工作是在西区一家夜总会里当女招待,工作时间没个准儿。她不想让他去夜总会接她下班,更希望他在她公寓里等她回去。但同住的女孩们不愿意把钥匙给陌生人,他只能在门外的街上等她。所以,工作日他自己下班后先坐火车回到阿奇维路,在家里吃完面包配香肠的晚餐,读一两小时的书或听广播,再搭最后一班公车去肯辛顿,开始他的等待。卡罗琳有时候下班早,半夜就能从夜总会回来,晚的话就要凌晨四点了。他们亲昵一会儿再双双睡去。早上七点闹钟响起时,他必须赶在她的室友们醒来前离开公寓。他要搭公车回到海格特,吃早餐,换上黑西装,再去上班。

这很快就成了例行日程,等他可以暂时置身事外去反思的时候,这种安排让他大为震惊。他谈的这场恋爱,规矩是由女人且只由女人制定的。这就是激情对男人造成的后果吗:剥夺他的骄傲?他对卡罗琳有激情吗?他想象不出来。他们不在一起时,他几乎不会想起她。那么,他为什么如此逆来顺受,如此卑微可怜?他希望别人让自己不幸吗?不幸,已经变成他不可或缺的毒品了吗?

最糟糕的是她彻夜不归的那些夜晚。他在人行道上一

77

小时又一小时地踱步,要是下雨,他就裹紧自己躲在门廊下面。她真的是工作到这么晚吗,他绝望地想,还是说,贝斯沃特夜总会根本是个弥天大谎,此时此刻她正和别人同床共枕?

当他直截了当地责备她时,得到的只是含糊的借口。那天晚上夜总会里特别忙,我们一直营业到天亮,她说。要不然就是她没钱叫出租车。要不然就是她和某个客人出去喝了一杯。她还尖刻地提醒他:在演艺界,人脉是最重要的。要是没有人脉,她的事业永远没法起步。

他们依然会做爱,但和以前的感觉不同了。卡罗琳心不在焉。更糟的是:带着忧郁和愠怒的他很快就成了她的负担,他感觉得到。要是他够明智,就该立刻断绝这段关系,主动离开她。但他没有。卡罗琳或许不是他来欧洲企求的黑色眼眸的神秘爱人,只是和他一样从开普敦来、出身平凡的乏味女孩,但就眼下而已,他能拥有的只有她。

九

在英国，女孩们不会多看他一眼，也许是因为他仍有些许不谙交际和殖民地的愚笨感，也许只是因为他的衣服没选对。不穿正式的 IBM 西装工作服时，他只有一套从开普敦带来的衣服：灰色法兰绒长裤、绿色粗花呢外套。相比之下，他在火车上和街头看到的年轻人都穿黑色窄腿裤，尖头皮鞋，有很多纽扣、有棱有角的紧身夹克。他们还都留长发，盖住前额和耳朵，而他仍然是童年时代乡村理发师剪的发型：后脑和两侧剪得很短，前面的头路分得很整齐，IBM 倒是对此颇为赞许。在火车上，女孩们的视线直接掠过他，要不就是不屑地、呆呆地看着他。

说起来，他会陷入这种窘境是挺不公平的：但凡他知道去哪儿、找谁，他就要去抗议。他的对手们都是做什么工作的，竟能允许他们想穿什么就穿什么？而且，为什么非要强迫他追随时尚呢？内涵已经一钱不值了吗？

明智的做法是买一套他们那样的衣服，周末穿。但是，他想象自己穿上那样的衣裤，那似乎不仅和他的性格身份格格不入，而且不是英式的，更像是拉丁式的，他便觉得有所抵触。他做不到：那就好比让自己装模作样去演戏。

伦敦到处都是漂亮姑娘。她们来自世界各地：互惠换工生、学语言的学生，或是仅仅来旅游的。她们把两侧的头发垂在脸颊上，她们的眼睛涂过黑色眼影，她们带着优雅自信的神秘感。最漂亮的是身材高挑、蜜糖色肌肤的瑞典女孩，但是，杏仁眼的娇小意大利女孩也有其独特的魅力。他幻想着，意大利式的性爱该是火辣辣的激情四溢，和瑞典式的截然不同，后者应该是带着微笑、略带慵懒的。可是，他有机会亲身求验真相吗？就算他能鼓起勇气和某个漂亮的外国姑娘搭上话，他又该说什么呢？如果他介绍自己是数学家、而非区区程序员，那算是撒谎吗？数学家会给一个欧洲姑娘留下深刻印象吗？还是告诉她，别看他外表土气，其实是个诗人，效果会更好？

不管他走到哪儿，口袋里都有本诗集，有时是荷尔德林的，有时是里尔克的，有时是巴列霍①的。他会在火车上卖弄般地拿出他的诗集，聚精会神地看起来。那是一种试探。只有与众不同的女孩才懂得欣赏他的读物，也因此认识到他有一种与众不同的内涵。但没有一个火车上的姑娘注意到他。这好像是她们到达英国后最先学会的本领之一：完全漠视男人们发出的信号。

我们所说的美，只是恐惧的第一丝征兆，这是里尔克告诉他的。为了感谢美不屑于毁灭我们，我们拜倒在美的脚下。如果他胆敢靠得太近——这些从别的世界来的美丽造

---

① César Vallejo(1892—1938)，秘鲁诗人，西班牙共产党员，二十世纪最伟大的诗歌改革家之一。

物,这些天使——她们会不会将他摧毁,或是觉得他太微不足道了,根本无须费神费力?

他在某本诗歌杂志里——或是《界限》或是《日程》——发现了一则启事:为了帮助未发表过作品的年轻写作者,诗歌协会将每周举办一次研讨会。他一身黑西装,在启事上写明的时间出现在相应的地点。门口的女人狐疑地打量了他一番,问他年龄多大。"二十一。"他答道。有点不诚实:他已经二十二岁了。

坐在扶手皮椅里的诗友们看到他,冷淡地点点头。他们好像彼此都认识,只有他是新来的。他们比他年轻,坦白说都只有十几岁,只有一个跛脚的中年男人,好像是诗歌协会里的什么人物。他们轮流朗读自己新写的诗。他读的诗的结尾是这样的:"我无法自制犹如暴怒浪潮。"跛脚的男人认为他选词不当。他说,对任何在医院工作的人来说,无法自制的意思就是尿失禁,甚至更糟糕的状况。

接下去的那一周他也去了,研讨结束后,他和一个女孩喝了杯咖啡,她刚才读的诗里写到了因车祸而亡的一个朋友,总的来说是首好诗,恬静、不做作。女孩告诉他,在不写诗的时候,她就是伦敦国王大学的学生;她穿着朴素又得体的深色衬衫和黑色长袜。他们约好了再见一面。

星期六下午,他们在莱斯特广场碰头。他们本来说好去看场电影的,但身为诗人,他们有责任最尽情地生活,所以他们索性回到她在高尔街的住所,她允许他脱去她的衣服。她裸体的线条、象牙白的肌肤都让他惊叹不已。他很想知道,所有英国女人脱去衣服后都是这么美吗？

他们赤裸着靠在彼此的臂弯里，但一点都不热络；也不会越来越热情，这已很分明了。终于，女孩退缩了，把双臂交叉在胸前，推开了他的双手，无声地摇了摇头。

他可以努把力，说服她、引导她、诱惑她，甚至可能最终得手，但他没有那种情绪了。毕竟，她不只是个女人，而是个拥有女性直觉的艺术家。他试图拉拢她进行的并不是真正的性——她肯定心知肚明。

他们沉默地穿好衣服。"对不起。"她说。他耸耸肩。他没有生气。他也不怪她。他又不是没有自己的直觉。她给他的裁定也将是他对自己的判决。

这件事之后，他就不再去诗歌协会了。反正，从头到尾他在那儿都不招人待见。

在英国女孩那儿，他没再有过好运气。在IBM公司里有足够多的英国女孩，很多女秘书和打孔员，和她们聊天的机会也很多。但他能感觉到她们散发出一种确凿的阻力，好像她们不确定他是谁，他会有什么样的动机，他在她们国家里做什么。他和其他男人一起观望她们。别的男人会用花言巧语的英国方式嘻嘻哈哈地和她们调情。她们也调笑着做出应答，他看得出来：她们就像花儿一样绽放开来。但调情是他学不会的那种事。他甚至不敢肯定自己赞许这种做法。不过，他无论如何都不能让IBM的姑娘们知道他是个诗人。她们会咯咯地笑作一团，还会把这件事传遍整栋办公楼。

他心中最高的期许是——比有个英国女朋友更高远，

甚至比有个瑞典或意大利女朋友还高远——有个法国女朋友。如果他能和法国女孩来一场激情的爱恋,他敢说,法语的优雅、法式思维的微妙必将让他有所触动和进步。但是,英国女孩理都不理他,凭什么法国女孩会屈尊与他交谈呢?再说了,他还没在伦敦见过几个法国女孩呢。法国人毕竟有法国,全世界最美丽的国家。为什么法国人要跑来冷得要死的英国为英国人看孩子呢?

法国人是全世界最有文化的人。所有他景仰的作家都浸淫于法国文化,大部分都把法国视为自己的精神家园;除了法国,从某种层面说,还有意大利,尽管意大利似乎陷入了困境。十五岁那年,他用五英镑十先令的汇票向英国佩尔曼学院邮购了一本语法书和一套练习题,做完习题后寄过去,等学院批改打分后再寄回来,从那时起,他一直在努力学法语。在他从开普敦一路拎过来的箱子里还有五百张卡片,他在每张卡片上写下了法语的基本词汇,随身携带,随看随记;他常在心里默念法语的词汇变化:je viens de,我刚刚才;il me faut,我必须。

但他的努力没什么成果。他感受不到法语的语感。听法语录音时,他大部分时间里都听不出一个单词在哪里结束,下个单词又从哪里开始。虽然他可以读懂简单的散文体小文章了,却好像听不到,想象不出读出来是什么样子。这门语言抵抗他、排斥他,他找不到融进去的门路。

理论上,他该觉得法语很容易学。他懂拉丁文,有时候,只是为了好玩,他会大声地朗读拉丁文段落——不是黄金时代①或白银时代②的拉丁文,而是《圣经武加大译本》③,这个通俗又傲慢的拉丁文译本完全漠视了古典词序。他学西班牙语就没什么困难。他用双语版读懂了塞萨尔·巴列霍,也读了尼古拉斯·纪廉④和巴勃罗·聂鲁达⑤。西班牙语充满了听起来很粗野的语词,有些词的意思他连猜都猜不出来,但这不要紧。至少每个字母都发音,双写的 r 都不例外。

不过,他发现自己真正有感觉的语言是德语。他收听科隆的广播,东柏林的广播如果不太无聊时也听,大都能听懂;他读德文诗歌,也可以很好地领悟其意。德语中的每一个音节都被赋予了应有的分量,这让他颇为赞许。南非荷兰语的余音未尽,依然缭绕在他耳畔,这时他会觉得德语的句法特别熟悉。事实上,他很喜欢德语句子的长度,喜欢把

---

① 黄金时代(前 100 年—17 年),即拉丁语和广义的拉丁文学(包括修辞、历史和哲学)发展史上的古典或辉煌时期,涵盖两位著名人物的活动年代,即西塞罗时期(前 70 年—前 30 年)和奥古斯都时期(前 31 年—14 年)。在屋大维治下,古罗马进入前所未有的繁荣时期,拉丁语文学和艺术也出现了空前的繁荣,这一时期的大文豪维吉尔、贺拉斯、奥维德等都曾是屋大维的御用作家。

② 白银时代(17 年—130 年),屋大维死后的一百年间,罗马在政治上不断衰弱,内部矛盾日趋激烈,文学成为少数人的消遣,崇尚文风的花哨和滥用修辞,文体臃肿。贵族青年以公开朗诵空洞无物的诗歌为时髦。白银时代成就最高的文学样式是反映奴隶主下层思想的讽刺文学和反映旧共和派不满情绪的作品。

③ Biblia Vulgate,五世纪的《圣经》拉丁文译本,由哲罗姆自希伯来文(旧约)和希腊文(新约)进行翻译。八世纪以后,该译本得到普遍承认。1546 年,特伦托大公会议将该译本批准为权威译本。现代天主教主要的圣经版本,都源自这个拉丁文版本。

④ Nicolás Guillén(1902—1989),古巴诗人。

⑤ Pablo Neruda(1904—1973),智利诗人。

复杂的动词变化都堆积在句尾。有很多时候,他读德文时会忘记自己在读外语。

英格博格·巴赫曼①的作品他读了一遍又一遍,也读了贝托尔特·布莱希特②、汉斯·马格努斯·恩岑斯贝格尔③。德语中有一种潜在的轻蔑和嘲弄感,那很吸引他,尽管他不确定自己真的明白为什么会有那种感觉——他不能确定那是不是他幻想出来的。他可以去问,但又不认识什么人读得懂德文诗歌,就好像他也不认识什么人会讲法语。

然而,在这个巨大的城市里,一定有数以千计的人深谙德国文学之妙,还有数以千计的人读得懂俄国的、匈牙利的、希腊的、意大利的诗歌——读懂,翻译,甚至用那种语言写诗:流亡诗人,男人们戴牛角框眼镜、留长发,女人们有轮廓清晰的外国人面孔、感性的丰满嘴唇。他在迪龙书店买回来的杂志里找到了足够多的证据,能证明这些人的存在:那些译作必定出自他们之手。但他怎么才能见到他们呢?这些特殊的人,没在阅读、翻译和写诗的时候,他们会做什么呢?在人人影院的观众席里,在汉普斯特德的野地公园里,他会不会身在他们之中却浑然不知呢?

在一种莫名的冲动下,他在野地公园里曾尾随一对貌似这类人的男女散步。男人很高,蓄须,女人的金色长发随

---

① Ingeborg Bachmann(1926—1973),奥地利女诗人,象征主义和浪漫主义作家。
② Bertolt Brecht(1898—1956),德国戏剧家、诗人,创立了叙事戏剧(辩证戏剧)的概念。
③ Hans Magnus Enzensberger(1929—2022),德国诗人、作家。

意地垂荡在后背。他可以肯定他们是俄国人。但等他走得够近、能听到他们谈话时,却发现他们是英国人,他们在谈论希尔家具店里的价格。

还有荷兰。至少,他对荷兰语的了解不亚于荷兰本国人,至少,他还有这个优势。在伦敦的所有小圈子里,也会有一个荷兰诗人的小圈子吗?如果有的话,他们会因为他熟知荷兰语而给他一张入场券吗?

荷兰诗歌总让他觉得相当无趣,但西蒙·温肯努格[①]的名字总会出现在诗歌杂志上。温肯努格是唯一一个跃上国际舞台的荷兰诗人。他把大英博物馆里所有温肯努格的作品都看了一遍,没有得到鼓舞。温肯努格的写作喧闹、粗俗,从任何角度看都没有神秘性。如果荷兰只能出这么一个温肯努格,那就等于证实了他最坏的猜测:在所有国家里,荷兰是最愚钝、最没有诗意的国家。他能从尼德兰继承的东西不过如此。他还不如只懂一门语言呢。

卡罗琳时不时地打电话到他的办公室,约他见面。但一旦在一起了,她又掩饰不住对他的不耐烦。她说,他怎么可以千里迢迢来到伦敦,却把大好青春耗在一台机器前敲打数字?看看周围吧,她说,伦敦是新事物的大展厅,到处都是好玩的、好看的。为什么他不放飞自己,出去找乐子呢?

---

① Simon Vinkenoog(1928—2009),荷兰诗人、作家,曾发起"五十年代运动"。

"我们有些人生来就不适合玩乐。"他这样回答。她以为这也是他那些冷笑话,也不打算深究。

卡罗琳从没解释过她从哪儿搞到钱去租肯辛顿的房子、买一套接一套的新衣服。她的继父在南非做汽车生意。汽车这行的利润很丰厚吗,足以支付继女在伦敦寻欢作乐的生活?在夜总会上夜班的卡罗琳到底在做什么工作?端盘子送酒水?在衣帽间挂大衣赚小费?还是说,在夜总会工作只是其他事情的委婉说法?

她告诉他,在夜总会结识的人里包括劳伦斯·奥利弗[①]。奥利弗对她的表演事业有点上心。他保证会在目前尚未敲定的剧目里给她留一个角色。他还邀请她去他的乡间别墅。

听闻这个消息,他该怎么想呢?所谓的角色,一听就是骗人的;但究竟是劳伦斯·奥利弗骗卡罗琳呢,还是卡罗琳骗他呢?奥利弗现在恐怕已是一口假牙的老头儿了。假设邀请卡罗琳去乡间别墅的人当真是劳伦斯·奥利弗,卡罗琳能保护好自己不受奥利弗欺负吗?那个年纪的男人为了取乐,会和女孩们做什么?嫉妒一个可能已无法勃起的男人,这样合适吗?现在,1962年,在伦敦这样的地方,嫉妒算不算过时的情绪?

如果真是劳伦斯·奥利弗本尊,那很可能会让她享受全套乡间别墅优待,包括让司机去火车站接她,让管家伺候他们进餐。然后,等她喝红葡萄酒喝到醉醺醺之后,他就会

[①] Laurence Oliver(1907—1989),英国演员、导演,两度荣获奥斯卡奖。

把她带上床,上下其手,而她会听任摆布;出于礼貌,感谢他当晚的款待,也为了她自己事业的前景。他们如此私会①时,她会拐弯抹角地提到还有个不为人知的情敌吗?一个住在阿奇维路、有时在家里写诗、在计算机公司上班的小职员?

他不明白为什么卡罗琳不和他,这个小职员男朋友,彻底分手。和她共度一晚后,天还没亮,蹑手蹑脚回到自己家的时候,他只能祈祷她别再联系他了。事实上,她之后会有一星期杳无音信。然后,就在他刚刚开始感觉这段恋情已成历史的时候,她又会打来电话,如此循环下去。

他相信充满激情的爱及其升华力。但亲身经验却告诉他,爱恋关系会吞噬他的时间,让他筋疲力尽,让他的创作裹足不前。有没有可能,他根本不适合和女人做爱,他其实是同性恋?如果他是同性恋,那就能解释他从头到尾的各种苦恼了。不过,从十六岁开始,他就一直被女性美、被她们那种不可企及的神秘感所深深吸引。他读书的时候,狂热的相思就没断过,一会儿爱这个女孩,一会儿恋那个女孩,有时是同时爱上两个。读诗只会火上浇油,让他越发狂热。诗人们都说,在令人目眩的性之狂喜中,你会被带入无与伦比的光芒,进入寂静的中心;你就和宇宙自然的力量合为一体了。虽然到目前为止他还没有体会到那种无与伦比的光芒,但他对诗人的正确性没有片刻的怀疑。

有天晚上,他任由街上的路人把他带走了,一个男人。

---

① 原文是法语。

那个男人比他年纪大——事实上,算是另一代人。他们坐出租车去了斯隆广场,也就是那个男人的住所——看起来他是独居的——进了一套到处都有带流苏的靠垫、灯光幽暗的公寓。

他们没怎么讲话。他允许那个男人隔着衣服抚摸他;他没有做出任何回应。要是那个男人有了高潮,也表现得很隐晦。之后,他自己出门,回了家。

那就是同性恋吗?就这样?就算不止于此,和与女人做爱相比,这似乎也是一种孱弱的举动:快速,心不在焉,没有惧怕,也没有诱惑。似乎也没什么危险的:不会失去什么,也不会赢得什么。这游戏是给害怕最高级别较量的人的;失败者的游戏。

十

他来英国时酝酿过,姑且算是个计划:找工作,攒钱。攒够钱了,他就会放弃工作,全身心投入写作。攒下的钱花完了,他就再去找份新工作,如此反复。

他很快就发现这计划有多幼稚了。他在IBM的税前月薪是六十英镑,他顶多能存下十英镑。打一年工只能换来他两个月的自由,而且大部分时间还将被耗在找新工作上面。南非寄来的奖学金差不多只够付学费。

而且,他还得知自己不能随意换雇主。居住在英国的外国人管理条例有新规定:每次换工作都需要得到内政部的批准。也就是说,不允许有无业状态:如果他辞去IBM的工作,就必须尽快找到另一份工作,否则就要离开英国。

他在IBM工作挺久了,现已习惯了常规日程,但仍觉得工作日很难挨。虽然,在会议上、在备忘录里,他和别的程序员时常被敦促:要牢记他们身在数据处理行业的最前沿,他却觉得自己活像狄更斯小说里百无聊赖的小职员:坐在板凳上抄写发了霉的文件。

唯一能打破每天沉闷的日程的只有十一点和三点半的茶歇,送茶水的女士会推来小车,很不客气地在每个人面前搁下一杯英式浓茶("给你,亲爱的")。只有在五点的忙乱过去之后——女秘书和女性打孔员们准时下班,因为她们不可能加班——暮色渐浓时,他才会离开座位,随意走走,放松一下。被巨大的7090型存储器占据的楼下的机房时常是空无一人的,他可以在1401型小型计算机上测试程序,甚至偷偷玩游戏。

只有在这种时候,他才觉得这份工作不只是可堪忍耐的,事实上还挺让人愉快。他不介意在办公楼里待个通宵,在自己的机器上测试程序,困了就去洗手间里刷个牙,钻进办公桌下面的睡袋里。那其实比赶上末班车、再拖着沉重的脚步从阿奇维路走回他冷清的小屋里更好。但这种不正规的表现会让IBM不满的。

他和一个打孔员交上了朋友。她叫罗达,腿有点粗,但橄榄色的光洁皮肤很迷人。她对待工作一丝不苟,有时候他会站在门口端详她猫着腰凑近键盘的样子。她知道他在看,但好像不介意。

他从没和罗达谈过工作以外的事情。她的英语不太好懂,有很多三合元音和喉塞音。从某种角度说,她是本地人,而他那些受过中等教育的程序员同事并不是;他对她在工作之外的生活一无所知。

刚到这个国家时,他对英国人著名的冷漠脾性有充分的心理准备。但他发现,IBM的女员工们根本不是那样的。她们自有一种亲密感,就像挤在同一个潮湿的洞穴里长大、熟知彼此身体习惯的小动物们之间的亲昵。尽管她们在魅力方面无法匹敌瑞典女人、意大利女人,但这些英国女孩的沉稳和幽默还是吸引了他。他想更多地了解罗达。但怎能办到呢？她属于一个外国人族群。他需要克服重重阻碍，更不用说本地人求爱的那套习俗，所有阻碍都让他茫然、沮丧。

衡量纽曼街处理中心效率的是 7090 处理器的使用率。7090 就是公司的心脏，是整个数据处理中心存在的理由。7090 不运转的时候就是所谓的闲置期。闲置期是无效的，无效就是罪过。公司的终极目标就是让 7090 日夜不休地运作；最有价值的客户就是那些数小时占据 7090 的客户。这类客户都是高级程序员负责；他和他们没有关系。

然而，有一天，有个重要客户在数据卡上遇到了麻烦，公司指派他去帮忙。这位客户叫庞弗雷特先生，穿着皱巴巴的西装、戴眼镜的小个子男人。他每周四从英国北部的什么地方来伦敦，带着很多装满打孔卡片的盒子；他总是预订六小时的 7090 使用时间，每次都从午夜开始。他从办公室的闲谈中得知，那些卡片记录的是名为 TSR-2 的英国新型轰炸机的风洞数据，是英国皇家空军开发研制的。

庞弗雷特的麻烦——也就是庞弗雷特在北方的同事们遇到的问题——是最近两星期的运算结果很反常。怎么看都没道理。要么是测试数据有误，要么就是飞机设计有问题。他的任务是在 1401 型辅机上重新校读庞弗雷特先生的卡片，检查之后看看有没有打错孔。

他一直干到后半夜。用读卡机一批又一批地检查庞弗雷特先生的卡片。到最后，他可以负责任地说，打孔没有问题。结果确实很反常，的确存在问题。

的确存在问题。他极其偶然地、用极其微小的方式参与了 TSR-2 项目,成为英国国防建设的一部分,改进了英国轰炸莫斯科的计划。他来英国就是为这种事吗?参与作恶,一种没有回报——连最虚幻的回报都没有——的恶行?究竟有何浪漫之处——他通宵工作,只为了让航空工程师庞弗雷特先生带着装满卡片的行李箱,带着温和但无助的心情,赶头班火车回北方的试验室,好赶上周五早上的例会?

他在给母亲的一封信里提到自己参与了 TSR-2 风洞数据的工作,但他母亲压根儿不知道 TSR-2 是什么。

风洞试验结束了。庞弗雷特先生也不再来伦敦了。他留意报纸上的新闻,想看到有关 TSR-2 的最新动态,但报上没有这种报道。TSR-2 似乎被搁置了。

现在已经太晚了,他很想知道,如果他趁着 TSR-2 的卡片在他手里时偷偷改动了数据,那会发生什么事呢?会使整个轰炸机计划陷入混乱?还是说,北方的工程师们会发现是他在捣鬼?一方面,他想尽一己之力让俄国免遭轰炸。另一方面,他有这种道德权利吗:一边享受英国人的好意,一边破坏英国的空军力量?再说了,俄国人又怎么会知道在伦敦的 IBM 办公室里,有个籍籍无名的同情者为他们在冷战时期争取了几天喘息的机会?

他不明白英国为什么要反对苏联。就他所知,自 1854 年以来,英国和俄国在每一场战争中都是盟军。俄国从未威胁要侵扰英国。然而,无论在全世界还是在欧洲,美国人都表现得如同恶霸,为什么英国人又会站在美国人一边了呢?英国人又不是真的喜欢美国人。报纸上的漫画常常取笑美国游客,把他们画成叼着雪茄、顶着啤酒肚、穿着夏威夷花衬衫、挥霍大把美金的形象。在他看来,英国应该效仿法国,退出北大西洋公约组织,让美国及其新盟友西德和苏联继续做死对头。

报上尽是核裁军运动的消息。骨瘦如柴的男人和相貌平平、头发蓬乱的女人挥舞标语、高喊口号,登在报上的这些照片不会让他对核裁军运动有好感。另一边,赫鲁晓夫刚刚打出一记战略性的高招:在古巴部署了大量导弹,以抗衡美国用导弹围攻苏联的企图。现在,肯尼迪总统发出警告:如果苏联不从古巴撤出导弹,美国就会轰炸苏联。这才是核裁军运动者激烈反对的事:在英国境内的美国军事基地将参与一次核武攻击。他不能不赞成他们的立场。

美国侦察机拍到了横渡大西洋去古巴的苏联货船。美国人说,船上一定运载了更多导弹。照片上,用白色圆圈标注的导弹在防水帆布下盖着,轮廓模糊。在他眼里,这种形状完全可能是救生船。让他惊讶的是英国报纸毫不怀疑美国人的这种说法。

觉醒吧!核裁军运动者高喊着:再进一步,我们就将核灭绝!这会是真的吗?他在想,每个人都会死吗,包括他自己?

特拉法尔加广场的那次大型核裁军运动集会,他去了,但小心地待在外围地带,表明他只是个旁观者。那是他此生参加的第一次大型集会:总的来说,挥舞拳头、高喊口号、煽动情绪都是让他反感的。在他心目中,只有爱与艺术才值得一个人无所保留地奉献。

核裁军运动的中坚分子在一星期前开始了五十英里大

游行,从英国原子武器基地外的奥尔德马斯顿起步,这次民众集会就是大游行最后的高潮。几天来,《卫报》一直在刊登游行者在雨中跋涉的照片。现在,在特拉法尔加广场上,人们的心情很沉重。他听了演说,显然,这些人或其中的部分人真的相信他们所说的一切。他们相信伦敦将被轰炸;他们相信他们都会死去。

他们说得对吗?如果是,那在太多层面上说都太不公平了:对苏联人不公平,对伦敦人不公平,但是,因为美国人的好战而成为炮灰,这对他是最不公平的。

他想起了奥斯特利茨战场上的年轻的尼古拉·罗斯托夫①,像被催眠的兔子般呆呆地看着法国掷弹兵举着冷酷的刺刀向自己冲来。他们怎么会想杀死我呢?他在内心发出严正抗议——我,大家都如此喜爱的我?

刚跳出油锅又掉进火坑!多讽刺啊!刚逃出要强征他入伍的南非白人、要把他赶到海里去的黑人之手,却发现自己身在一个即将变为焦土的岛国。这是个什么样的世界?要去哪里,才没有政治狂热?只有瑞典看起来是超然之地。他应该抛掉一切,跳上下一班去斯德哥尔摩的轮船吗?必须懂瑞典语才能进入瑞典吗?瑞典需要程序员吗?瑞典有计算机吗?

集会结束了。他回到自己的租屋。他本该去读读《金钵记》②或写几首自己的诗,但那又有什么意义呢?无论什

---

① Nikolai Rostov,托尔斯泰的小说《战争与和平》中的人物。
② *Golden Bowl*,亨利·詹姆斯的最后一部长篇小说,出版于1904年。

么事,意义何在?

几天之后,危机突然解除了。在肯尼迪的威逼之下,赫鲁晓夫让步了。货轮奉命返航。在古巴的导弹被撤走了。苏联人炮制了一套说辞,想要解释他们的做法,但显然已颜面尽失。在这一历史事件中,只有古巴赢得了声誉。古巴人向全世界无所畏惧地宣布,不管有没有导弹,他们都会捍卫自己的革命,直到流尽最后一滴血。他赞许古巴人,赞许菲德尔·卡斯特罗。至少,菲德尔不是个懦夫。

在泰特美术馆,他和一个女孩攀谈上了,他以为她是个游客。她长得很普通,戴副眼镜,身子挺结实的,不是他感兴趣的那类女孩,但他自己可能正是这类人。她告诉他,她叫阿斯特丽德。她从奥地利来——不是维也纳,而是克拉根福。

结果他发现,阿斯特丽德并非游客,而是互惠换工生。次日,他约她去看电影。他们的品位非常不同,他一眼就看出来了。不过,当她邀请他回她打工的那户人家时,他没有拒绝。他匆匆打量了一番她的房间:一间阁楼,方格蓝布窗帘,同色系的床罩,枕头上坐着一只泰迪熊。

他和她以及她的雇主在楼下喝茶,雇主是个英国女人,她用冷冰冰的眼神掂量了他的身价,看出了他的种种欠缺。她的眼神在说:这是一户欧洲人家,我们不欢迎一个不知好歹的殖民地人,更何况还是个布尔人[①]。

---

① 即南非白人。

对南非人来说,现在待在英国不是个好时机。南非展现出了强烈的自我正义感,公开宣称南非是共和国,因而很快就被英联邦开除了。被驱逐出联邦体,个中含义不言自明。英国人早就受够了布尔人和布尔人领导的南非,这个殖民地带来的麻烦远比其价值更多。如果南非能够安安静静地消失在地平线上,他们会心满意足的。他们显然不希望凄惨的南非白人像寻找父母的孤儿那样挤在他们的家门口。他毫不怀疑:这位斯文的英国女雇主会拐弯抹角地告诉阿斯特丽德,他是不受欢迎的。

因为寂寞,也因为可怜这个不快乐、不好看、英语讲得很蹩脚的外国姑娘,他又约阿斯特丽德出去了。之后,也没什么特别的理由,他就说服了她跟他回家。她还不满十八岁,还有婴儿肥;他从未和这么年轻的姑娘好过——说真的,她还是个孩子。他脱去她的衣服时,她的皮肤感觉又凉又湿。他知道自己犯了个错误。他感觉不到欲望;至于阿斯特丽德呢,虽然女人和女人的性欲对他而言一直是个谜,但他能肯定她也有同感。但他们都已经到这步了,两人都不太好半途而废,索性就一鼓作气完事了。

之后的几星期里,他们又共度了几晚。但时间始终是个问题。阿斯特丽德只能在雇主家的孩子们都上床睡觉之后才能出门,在搭上最后一班火车回肯辛顿之前,他们最多只有匆忙的一小时。有一次,她胆子挺大,和他过了一整夜。他假装很高兴她能留下来过夜,但事实上他并不高兴。他一个人会睡得更好。床上有别人,他就会紧张地、直挺挺地躺一整夜,醒来时浑身都累。

十一

多年前,他还是个尽其所能正常生活的家庭里的孩子时,他的父母有周六晚上去跳舞的习惯。他会观望他们做出行前的准备;如果他睡得够晚,还能等他们回家后问问母亲。但是,他从未亲眼见过伍斯特镇共济会酒店的舞厅里的情形:他的父母跳的是什么舞,跳舞的时候他们是否假装凝视对方的眼睛,是否只和彼此跳,或是像在美国电影里那样,也会允许一个陌生人把手搭在女人的肩头,把她从伴侣的身边带走,那样一来,落单的男人就不得不为自己找个舞伴,或是站在角落里抽烟,或是生闷气。

他觉得很难理解:为什么已婚的人还要大费周章地打扮、专门去酒店跳舞呢?他们明明可以跟着广播电台里的音乐在起居室里跳。但是,对他的母亲来说,周六晚上去共济会酒店跳舞显然是很重要的事,和自由自在地骑马一样重要,没有马的时候就骑自行车。跳舞和骑马代表了她结婚前的生活,在她自己讲述的人生故事里,那就是她变成囚徒前的生活("我不要当这个家里的囚徒!")。

她很坚决,但没有用。不管是他父亲办公室里的谁开车捎他们去周六舞会,反正那人搬家了,不再去跳舞了。别着银色胸针的闪亮的蓝裙子,白手套,扣在脑袋一侧的滑稽的小帽子,全都消失在衣橱和抽屉里了,就这样。

至于他,他私心里很高兴跳舞的事就此告终,但没有说出来。他不喜欢母亲出门,不喜欢她出门后的第二天依然会有恍惚莫测的情绪。反正他看不出跳舞这件事有什么意义。凡是宣称有舞蹈场景的电影他都避之不看,那种痴傻多情的表情会令他厌恶。

"跳舞是很好的锻炼。"他母亲坚称,"能教会你节奏感和平衡感。"这不能说服他。如果需要锻炼,人们可以去跳健美操、举杠铃或绕着街区跑步。

离开伍斯特镇后的这些年里,他对跳舞的想法没有改变。当上大学生之后,他发现自己去派对却不知道怎么跳舞实在太尴尬了,还自掏腰包,去一所舞蹈学校报了个全套速成班:快步舞、华尔兹、摇摆舞、恰恰。但没有用,不出几个月,他就把学到的舞步忘了个精光,毋宁说是故意忘掉的。为什么会故意忘掉,他心知肚明。哪怕在上课的时候,他都不曾有过哪怕一瞬间是全心全意想要跳舞的。虽然他的双脚跟上了舞步,但心仍在抗拒,因而不可移易。所以结果仍然照旧:在内心深处,他不明白人们出于什么原因而需要跳舞。

舞蹈,只有在被诠释为其他事物——人们不愿坦承的事情——的时候才显得有理有据。所谓的"其他事物"才是最真切的:舞蹈只是一种借口。邀请一个女孩跳舞就代表邀请她共赴云雨;接受邀请就代表同意性交;跳舞就是一种性交的模仿和铺垫。两者间的关联是如此明显,他实在想不明白人们为什么还要费心去跳舞。为什么要装扮,为什么要有一套仪式感的动作,为什么要大张旗鼓地制造假象?

共济会酒店里的舞曲是老式的,节奏呆板无趣,始终让他厌烦。而他的同龄人跳舞时听的粗鲁的美国音乐更让他讨厌和蔑视。

在南非,广播电台里放送的尽是美国音乐。报纸也着迷般地报道美国电影里的荒唐噱头,人们盲从呼啦圈之类风靡美国的事物。这是为什么?为什么在所有事情上都向美国看齐?南非人摆脱了荷兰人之后,现在又摆脱了英国人,难道又要决意变成假冒的美国人吗?哪怕大部分南非人这辈子都不曾见过一个真正的美国人?

他曾指望能在英国摆脱美国——美国音乐、美国时尚。但他沮丧地发现,英国人也迫不及待地效仿美国人。流行报刊上刊登着女孩们在现场演唱会上狂热尖叫的照片。长发及肩的男人们用模仿来的美国口音大声喊叫,然后砸烂他们的吉他。这些都让他无法理解。

能为英国挽回颜面的是第三套节目。要说他从 IBM 下班后唯一期盼的事,那就是回到他安静的房间里,扭开收音机,让他从未听过的音乐或是冷静睿智的谈话光临寒舍。一晚又一晚,只要他伸出手,通道就必定为他免费敞开。

第三套节目只用长波播送。如果是用短波,他可能在开普敦的时候就听到了。如果是那样,还有什么必要千里迢迢来伦敦呢?

《诗人和诗歌》系列节目里有过一次关于苏联诗人约

瑟夫·布罗茨基①的访谈。被指控为社会寄生虫后,约瑟夫·布罗茨基被判五年劳改,在酷寒北疆的天使长②半岛服刑。现在仍在刑期中。就在他坐在伦敦温暖的租屋里,喝着咖啡,吃着有葡萄干或坚果的甜点时,还有个与他同龄的男人、和他一样的诗人在整天锯木,照料被冻伤的手指,用碎布缝补靴子,靠鱼头和卷心菜汤活下去。

"像针的内部那样黑暗。"布罗茨基在一首诗中这样写道。这句诗让他无法忘怀。如果他专注起来,真正的聚精会神,夜复一夜,如果他以绝对的专注迫使灵感的恩赐降临于他,他或许可以写出与之媲美的句子。他知道,他有这种才情,他和布罗茨基拥有同等色调的想象力。但写出来之后,又怎能传递到天使长半岛去呢?

仅仅凭借他在广播里听到的诗歌,不借助别的讯息,他就了解了布罗茨基,透彻地理解了他。那就是诗歌可以做到的事。诗歌就是真相。但布罗茨基对于身在伦敦的他一无所知。怎样才能告诉那个冻坏了的男人他与他同在,就在他身边,日复一日?

约瑟夫·布罗茨基、英格博格·巴赫曼、齐别根纽·赫伯特③:他们从抛在黑沉沉的欧洲大海里的孤筏上将诗句释散到空中,顺着电波迅速传递到他的房间,那是与他同时

---

① Joseph Brodsky(1940—1996),在苏联出生的美籍犹太裔诗人,1987年诺贝尔文学奖得主。
② Archangel,在英语里也称 Archangelsk,即阿尔汉格尔斯克,位于俄罗斯。
③ Zbigniew Herbert(1924—1998),波兰诗人、散文家、剧作家,波兰抵抗运动的成员。

代的诗人的声音,告诉他诗歌可以是什么样的,以及,他可以是什么样的,令愉悦充盈他的身心,因为他和他们栖身于同一个地球。"伦敦收到信号——请继续传送",如有可能,他就会发出这样的讯息。

在南非时,他就曾听过勋伯格①和贝尔格②的一两首乐曲:小提琴协奏曲《升华之夜》。现在,他第一次听到了安东·冯·韦伯恩③的音乐。关于韦伯恩的音乐,他得到过一些警告。他读到过,韦伯恩太前卫了,他创作的不再是音乐,而是随意的声响。他猫在收音机前仔细听。先是一个音符,然后又是一个,再来一个,如同冰晶一般清凉,如同天幕中的星子般接连出现。如此勾魂一两分钟,曲子就结束了。

韦伯恩在 1945 年被一个美国士兵击毙。据说那纯属误会,战争中的一次意外。排布了那些声响、那些寂静、那种声与静的头脑,就此寂灭了。

他去泰特美术馆看了一场抽象表现主义派的画展。他在杰克逊·波洛克④的一幅画前站了一刻钟,好让那幅画有机会被他领会,并试图装出看得懂的神情,以免某个精明的伦敦人用看笑话的眼神留意他这个外行的乡下人。装也

---

① Arnold Schoenberg(1874—1951),奥地利作曲家、音乐理论家、教育家、第二维也纳乐派的代表人物。
② Alban Berg(1885—1935),奥地利作曲家,第二维也纳乐派的代表人物。
③ Anton von Webern(1883—1945),奥地利作曲家,第二维也纳乐派的代表人物。
④ Jackson Pollock(1912—1956),美国抽象表现主义画派的著名画家。

没用。那幅画对他来说毫无意义。他无法领会其中的内涵。

下一个展厅里,高高挂在墙上的是一幅巨大的油画,白色的底色上只有一团拖长的黑色墨迹。标签上写着:《西班牙共和国的挽歌·24号作品》,罗伯特·马瑟韦尔①。他都惊呆了。威慑而神秘,那种黑色的形态彻底征服了他。好像从画面里传出了铜锣被敲响的一记声音,让他战栗而畏缩。

这力量从何而来?这不规则的形态既不像西班牙版图,也不像任何东西,却能在他内心深处激起黑暗的情绪?这幅画不美,但它就像美那样傲然霸道地声张。为什么马瑟韦尔有这种力量,波洛克或凡·高或伦勃朗却没有?那和让他在看到某个女人时心惊、看到另一个女人时却没感觉的是同一种力量吗?《西班牙共和国的挽歌》是否呼应了他灵魂中某种固有的形态?那么,他宿命中的女人又会是什么样的?她的影子是否已经储备在他内心的黑暗中?还要多久她才会展露出来?她出现时,他会在准备好的状态吗?

答案是什么,他说不出来。但如果他能见到她,她,宿命中的那个她,彼此平等地面对面,那时的做爱就将是前所未有的,他可以确信,那将是濒临死亡的狂喜;在那样的性爱之后回到生活中,他就能焕然一新,脱胎换骨。瞬灭,犹

---

① Robert Motherwell(1915—1991),美国画家,抽象表现主义画派创始人之一。

如正负两极相触时的电光石火,好比孪生的交配;继而是缓慢的重生。他必须为此做好准备。有备而来最要紧。

人人影院举办了萨蒂亚吉特·雷伊①电影展。他连续三个晚上全神贯注地把"阿普三部曲"看完了。在苦楚而无计可施的阿普母亲、迷人但不负责任的阿普父亲身上,他带着内疚的痛苦,认出了自己父母的影子。不过,攫住他心神的首先是电影的配乐,打击乐和弦乐令人眩晕的复杂交织,长笛演绎的咏叹长音——他没有足够的乐理知识,因而无法判断那种长笛用的是什么音阶、什么调式——都揪住了他的心,把他带入一种感性的忧伤情绪,电影结束之后还悠然延续在他心中。

到这时,他已在西方音乐中,尤其在巴赫的音乐中,找到了他所需的一切。现在,他遇见了巴赫的音乐中没有的东西,也些许窥见了个中真谛:将思考、理解的头脑愉悦地拱手让给手指的舞蹈。

他逛了唱片行,在一家店里找到了一张密纹唱片,西塔琴的演奏者名叫乌斯塔德·威莱雅·汗②,合奏者之一是他的弟弟——从照片上看应该是比他年轻——弹奏的是维那琴,还有一个未署名的塔布拉手鼓合奏者。他自己没有留声机,但可以在店里听开头的十分钟。全都对味:调序的盘旋拓展,颤动的情绪,狂喜的急奏。他简直不敢相信自己的好运气。一个新大陆,只需区区九个先令!他把唱片带

---

① Satyajit Ray(1921—1992),孟加拉裔印度导演,代表作"阿普三部曲"即《大路之歌》《大树之歌》《大河之歌》。
② Ustad Vilayat Khan(1928—2004),印度著名西塔琴演奏家。

回家,夹在纸板封套里放好,等到他能够再听的那一天。

有一对印度夫妇住在他家楼下。他们有个时而嘤嘤哭泣的宝宝。他和那个男人在楼梯上碰到时会相互点点头。那个女人很少露面。

有天晚上,有人敲响了他的房门。正是那个印度人。他愿意明天晚上去他们家吃顿便饭吗?

他接受了邀请,但有点忧虑。他不太习惯重口味的香料。他会不会出洋相?能不能不把自己呛到,安安稳稳地吃完一餐?但他一去就放心了。这家人是从印度南部来的,都是素食者。辛辣的香料不是印度菜的关键元素,主人们向他解释:加入香料只是为了遮盖腐肉的气味。印度南部的食物在味觉上是很温和的。确实,他们证明了这一点。摆在他面前的菜肴——加了豆蔻和丁香的椰汤,煎蛋卷——绝对是很清淡的。

这家的主人是位工程师。他和太太在英国住了好些年了。他说,他们在这里很快乐。他们目前的住所是至今为止他们找到的最好的租屋。房间很宽敞,家里井然有序,十分宁馨。当然,他们肯定不喜欢英国的天气,但是——他耸耸肩——好的坏的都得接受。

他的太太几乎不参与谈话。她给他们上菜,自己却不吃,然后就退到角落里,孩子就躺在那儿的小床上。她的英语说得不好,她丈夫这样说。

他的工程师邻居很推崇西方科学和技术,抱怨印度落后了。虽然他对机器的赞美只觉无聊,但他这次什么都没说,不想抵牾他。在英国,他们是第一个邀请他到家里做客的人家。还不止如此:他们是有色人种,他们知道他是南非人,但还是向他伸出了友谊之手。他很感激。

问题是,他该如何表达自己的感激之情?让他邀请这位丈夫、太太,无疑还有他们啼哭的宝宝去楼上他家,然后用袋装汤招待他们,再来点奶酱通心粉或是齐普拉塔小香肠?这实在难以想象。但除此之外,你还能怎样回报别人的款待呢?

一个星期过去了,他没有任何表示,接着,第二个星期也过去了。他觉得越来越尴尬。早上,他开始在门口偷听,等工程师出门上班去了,他再出门下楼。

肯定可以表示他有报答之心吧,某种简单的举动,但他就是想不出来,要么就是不愿意去想,很快,时机就错过了,做什么都太晚了。他这是怎么了?他为什么要让自己把最寻常的事情搞得那么艰难?如果答案是:这就是他的天性,那有这种天性到底有什么好处?为什么不改掉他的天性?

但这是他的天性吗?他有所怀疑。那感觉不像是天性,更像是疾病,一种道德上的病态:吝啬可鄙,精神贫乏,和他对女性的冷漠没有本质上的区别。可以从这样的病态中创造出艺术吗?如果可以,那该如何评断艺术?

他在汉普斯特德一家书报亭外面的告示板上读到一则启事:"寻瑞士别墅区四居室合租者。一室独用,厨房共用。"

他不喜欢与人合租。他喜欢一个人住。但只要他保持独居,就永远打不破自己的孤立局面。他打了电话,约了看房。

带他看房的男人比他大几岁,留着胡子,穿着一件金色扣子的尼赫鲁式①蓝色外套。他叫米克洛斯,匈牙利人。那间公寓挺干净的,通风很好;面积比他现在的租屋大,也更时髦。"我要租,"他毫不犹豫地对米克洛斯说,"我把定金给你吗?"

但事情没那么简单。"留下你的姓名和电话号码,我会把你排在名单上的。"米克洛斯回答。

他等了三天。第四天,他打电话过去。接电话的不是米克洛斯,而是个姑娘。房间?哦,那个房间已经租出去了,好几天前就租出去了。

她的声音里有一点外国人的粗哑口音;她无疑是漂亮的、聪慧的、世故的。他没有问她是不是匈牙利人。但如果他租到了那间屋,现在就能和她同住在一个屋檐下了。她是谁?她叫什么?她是他命定的爱人吗,现在他连宿命都把握不了吗?是哪个幸运儿得到了那间屋和本该属于他的未来?

他有一种直觉:上次去的时候,米克洛斯带他看房时的态度很敷衍。他只能想到米克洛斯要找的租客不仅仅能付四分之一租金,还要能够带去欢乐、风尚或浪漫。只需从上到下看他一眼,米克洛斯就能断定他缺乏欢乐、风尚或浪漫,于是婉拒了他。

---

① Nehru Jacket,长及臀部的立领修身上装,前襟有扣,得名于印度共和国的开国总理尼赫鲁。

他真该主动表态。"我不是表面看起来的那种人,"他该这么说,"看起来,我大概只是个小职员,但事实上我是诗人,或者说,未来的诗人。而且,我可以一文不差地付房租,比大部分诗人强多了。"但他没有为自己、为他的天职声张,没有恳求,哪怕有点低声下气;而现在已经太晚了。

一个匈牙利人怎么能处置时髦的瑞士别墅里的公寓呢,怎么能穿着最时新的衣服,日照三竿才慵懒起床,毫无疑问,床上还伴有沙哑烟嗓的漂亮姑娘;而他不得不在 IBM 像个奴隶般工作一整天,住在阿奇维路令人生厌的小屋里?打开伦敦享乐生活的钥匙怎么会落在米克洛斯的手里?这些人从哪里搞到钱才能过上这种安逸生活?

他历来都不喜欢不按规矩做事的人。如果无视规则,生活就没道理可言了;还不如像伊万·卡拉马佐夫①那样退票离场。然而,伦敦到处都是这种无视规则、还能逃脱惩罚的人。好像只有他傻到按规矩做事,他和火车上那些穿着黑西装、戴着眼镜、疲惫不堪的小职员。那么,他该怎么做呢?他应该追随伊万吗?他应该效仿米克洛斯吗?不管他向谁学,他觉得他都会失败。因为他没有说谎、欺骗或篡改规则的天分,正如他没有享乐、穿花哨衣服的天分。他唯一的天赋就是忍受痛苦,无趣而诚挚的痛苦。如果这座城市没有什么能回报悲苦,他在这里做什么呢?

---

① 陀思妥耶夫斯基《卡拉马佐夫兄弟》中的人物,最后神经错乱。

十二

母亲每星期都给他来一封信,地址用整齐的大写字母印刷体印在淡蓝色的航空邮简上。收到这些证明她对他的爱绝无改变的信只会让他恼怒。离开开普敦时,他就切断了与过去的所有牵连,难道他母亲就不能明白吗?他怎样才能让她接受这一点:他从十五岁开始就想把自己变成另一个人,这个转变过程将无情地进行到底,直到他抛在脑后的有关这个家庭、这个国家的一切记忆都消弭无踪?她什么时候才会明白,他已经离她太远,可能已变成陌生人了?

母亲在信里跟他讲家族里的新闻,告诉他她最新的工作任务(她是代替病假老师的代课老师,往来于不同的学校)。在信的末尾,她希望他身体健康,注意多穿保暖的衣物,她听说流感蔓延欧洲,希望他没有染上。南非的事情她是不写的,因为他已经明说了自己不感兴趣。

他提到过自己把手套落在火车上了。失误。结果很快就来了一只航空邮包,里面是一幅羊皮连指手套。邮费比手套还贵。

她总在周日晚上给他写信,好赶上周一上午邮差来的时候寄出去。他可以轻而易举地想象出那个场景:那套公寓是她、他父亲和他弟弟不得不卖掉龙德博斯的房子后搬入的;晚饭过后,她把桌子收拾一下,戴上眼镜,把台灯拉近一点。"你在干什么?"他父亲问道,他最畏惧周日夜晚了,把《阿格斯报》翻来覆去看了好几遍,实在没事可做了。"我得给约翰写信。"她答完就闭起嘴巴,让他也别再言语。我最亲爱的约翰,她开始写信。

这个顽固又笨拙的女人啊,她指望用她的信达成什么目的呢?难道她认识不到,哪怕这些信证明了她多么尽责尽力、多么固执,却永不可能让他心软,让他回家?她如此不能接受他并不是普通人吗?她应该把爱全部倾注在他弟弟身上,把他忘掉。他弟弟比他单纯,比他天真。他弟弟有颗温柔的心。让他弟弟担负起爱她的重任吧;告诉他弟弟,从现在开始他就是她的长子,她最亲爱的人。那样一来,他,刚刚被遗忘的他才能自由自在地拥有自己的人生。

她每周都写信,但他不是每周都回信。那样有来有回的未免太客套了。他只是偶尔回封信,信也都很短,不说太多事,仅仅用他们仍在通信这一事实表明他肯定还活着。

那才是最糟的。那就是她构筑的陷阱,他还没找到逃脱那个陷阱的办法。如果他切断所有联络,如果他音信杳无,她就会得出最糟糕的结论,想到最糟糕的可能;而一想到那种悲痛必将让她撕心裂肺,他就忍不住要捂住眼耳。只要她还活着,他就不敢死。所以,只要她还活着,他的生命就不是他自己的。他不太可能不顾及这一点。尽管他不是特别爱自己,但为了她,他必须照顾自己,照顾到吃好、穿暖、补充维生素 C 的程度。至于自杀,那是绝对不可能的。

他可以从英国广播公司的新闻、《曼彻斯特卫报》上得知南非的动态。他心有余悸般地看《卫报》上的报道。农场主把一个工人绑在树上,鞭打致死。警察毫无目标地向人群开枪。一个囚犯被发现死在牢房里,吊在用毯子撕成的长条上,脸上满是瘀青和血迹。恐怖接着恐怖,暴行接着暴行,没有慰藉。

他知道他母亲的看法。她认为全世界都误解南非了。黑人在南非的境况要好过在南非以外的任何地方。罢工和抗议是共产党煽动起来的。至于农场主们用玉米粉代替薪资,农场劳工们冬天不得不用麻袋布给孩子做衣服御寒,连他母亲也承认那是很丢人的事。但这种事情只会发生在德兰士瓦。就是那些心怀阴沉的怨恨因而铁石心肠的德兰士瓦的南非白人给这个国家带来了坏名声。

他毫不犹豫地把自己的看法告诉她:与其在联合国做一场又一场演说,苏联人还不如入侵南非,他们就应该毫不迟疑地打进去,应该让伞兵空降在比勒陀利亚,逮住维沃尔德①及其党羽,让那帮坏蛋面对墙壁排好队,然后全部枪毙。

苏联人枪毙维沃尔德之后该做什么,他没说,因为他还没想过。正义必须得到伸张,这才是重点;除此之外都是政治,而他对政治没兴趣。在他的记忆里,布尔人一直在践踏

---

① Hendrik Frensch Verwoerd(1901—1966),出生于阿姆斯特丹,两岁移居南非,1958 年 9 月至 1966 年 9 月担任南非总理,1961 年宣布南非改制为共和国,脱离大英联邦。他是南非种族隔离的支持者,以立法的方式逐步建立了黑人与白人间的隔离政策。

百姓,因为他们声称他们曾被践踏。好吧,就让风水轮流转吧,让更强的强势来应对强势吧。他很高兴自己和那里没关系了。

南非就像压在他脖子上的沉重负担。他想解除它,也不管要怎样做才行,只有除掉它,他才能开始呼吸。

他不是非要买《曼彻斯特卫报》不可的。还有别的、更轻松的报纸,比方说《泰晤士报》或《每日电讯报》。但《曼彻斯特卫报》肯定不会错过任何让他吓得灵魂颤抖的南非新闻。读《曼彻斯特卫报》的时候,他至少可以确定他能知道最坏的消息。

他已经好几个星期没联系阿斯特丽德了。现在她的电话来了。她在英国的时限到了,要回奥地利的家了。"我想我不会再见到你了,"她说,"所以打电话来道别。"

她试着用就事论事的口吻,但他听得出她声音里的哭腔。他感到愧疚,因此提议再见一面。他们一起喝了咖啡;她跟他回家,过了一夜(她称之为"我们的最后一夜"),紧紧依偎他,轻轻地哭泣。次日早上(那天是周日),他听到她轻手轻脚地下了床,踮着脚去楼梯平台上的洗手间换衣服。她回来时,他假装还在睡。他很清楚,他只需给出最微弱的暗示,她就会留下来。如果他在关注她之前先做点琐事,比方看报纸,她就会安静地坐在角落里等。那似乎就是克拉根福的女孩所受的教养:什么都不要求,只是等待,等到男人准备好了,然后服侍他。

他倒是愿意对阿斯特丽德好一点的,她那么年轻,在这个大城市里那么孤独。他愿意拭去她的眼泪,让她欢笑;他愿意向她证明他并不是表面上这样狠心,他有能力用自己的美好愿望回应她的美好愿望,像她期盼的那样拥抱她,听她讲述母亲和兄弟们在老家的故事。但他必须小心。给了太多温暖,她就可能退了票,留在伦敦,搬来和他同住。两个挫败的人躲在彼此怀中,互相安慰;这样的前景太让人羞耻了。他们还可能结婚,他和阿斯特丽德,婚后就会像残疾人那样,将余生用在照料彼此的生活上。所以,他不做任何暗示,只是闭着眼睛躺在床上,直到听见楼梯吱嘎作响和前门关闭的轻响。

十二月了,天气变得很难熬。下雪了,积雪化泥,泥泞再冻结:在人行道上,你要像登山者那样谨慎地选择,从一个立脚点到下一个立脚点。浓雾笼罩了整座城市,混杂煤灰和硫黄的浓雾。电力中断;火车停运;老人冻死在家中。报纸上说,这是二十世纪最冷的冬天。

他在阿奇维路上艰难地行走,在冰面上滑倒,连滚带爬,他用手把围巾捂在脸上,尽量不吸气。他的衣服闻起来有硫黄味了,嘴里也有一股难闻的味道,咳嗽的时候会咳出黑色的痰。南非现在是盛夏。如果他在那儿,就会去斯特兰德枫丹海滩,在蔚蓝无边的天空下,奔跑在一英里又一英里的白色沙滩上。

夜里,他房间里的一根水管冻裂了。地板都被水淹了。他醒来时,一整片冰将他包围。

报纸上说,眼下情形俨如重演了伦敦大空袭。登在报上的照片是女性救助机构发起的救济游民的施粥所,连夜苦干的抢修队。报上说,危急时刻最能体现伦敦人的优点:他们总能以稳重内敛的力量、脱口而出的妙语应对逆境。

他呢?他兴许能像伦敦人一样穿衣打扮,像伦敦人一样步行上班,像伦敦人一样忍受寒冷,但他没有脱口而出的妙语。伦敦人大概永远不会把他当作真正的伦敦人。恰恰相反,伦敦人一眼就能认出他是外国人:那种出于自我选择的愚蠢理由在没有归属感的地方生活的外国人。

他还得在英国住多久才能被承认,才能成为地道的英国人?拿到英国护照就够了吗?还是说,有个听起来古怪的外国姓氏就意味着他将永远被拒之门外?再说了,"变成英国人"到底是什么意思?英国是两种国民的家园,他要在二者之间做出选择,是做中产阶级英国人还是工人阶级英国人。他似乎已经做出选择了。他穿的是中产阶级爱穿的衣服,看的是中产阶级的报纸,模仿的也是中产人士的谈吐和口音。但仅靠这些外在的东西是不足以让他被接纳的,差得远呢。就他所知,是多年前甚至几代人之前、他永远无从得知的规则决定了一个人能否进入中产阶级——完全的进入,而非得到一张只限一年中的某些天里的某些时刻的临时入场券。

至于工人阶级,他不参与他们的娱乐,几乎听不懂他们讲的话,从没感受到哪怕最不起眼的、乐于接受他的暗示。IBM的女职员们有她们自己的工人阶级男友,想的尽是结婚、生子、市建廉租房,对其他人的示好只有冷若冰霜的回应。他也许是生活在英国,但显然不是受英国工人阶级邀请而来的。

伦敦有别的南非人，数以千计，如果他相信报道的话。还有加拿大人、澳大利亚人、新西兰人，甚至美国人。但这些人并不是移民，不是来定居的，不是想成为英国人而来的。他们来这里游玩或学习，或是在游历欧洲前赚点钱。等他们在这个旧世界待够了，就会回家，继续真正属于他们的生活。

伦敦也有欧洲人，不只是来学语言的学生，还有从东欧国家乃至更早以前的纳粹德国来的难民。但他们的情况也和他不同。他不是难民；更确切地说，他单方面声称是难民并不会让他在内政部得到认同。内政部官员会问，谁在迫害你？你要逃离的是什么？他会回答，逃离乏味。逃离庸俗。逃离道德生活的萎靡。逃离耻辱。这样的说辞会让他得到什么结果？

还有帕丁顿。晚上六点，他沿着梅达谷或桥本高路走的时候会看到成群结队的西印度群岛人，裹得严严实实，吃力地走回他们的住所。他们都弓着肩背，双手深深地插在口袋里，肤色灰扑扑的。这里，就连街上的石头都在往外渗透寒气，他们的白天是在苦劳中度过的，夜晚是在墙皮脱落、家具松垮的租屋里、凑在煤气炉边取暖挨过去的，到底是什么吸引了他们，让他们从牙买加和特立尼达来到如此严酷的城市？可以肯定，他们并不都是来这里寻求诗人声名的。

和他共事的人都太礼貌了，不至于流露出他们对外来者的看法。然而，恰是从他们那种沉默中，他明白了自己在他们的国家是不受欢迎的,不是他们绝对需要的人。在有关西印度群岛人的议题上,他们也保持沉默。但他可以看出些许迹象。墙上的标语写着:黑鬼滚回去。贴在待租房窗户上的告示写着:不接受有色人种。一个又一个月份过去,政府在执行移民法时越来越严格了。西印度群岛人被截留在利物浦码头上长期拘押,直到他们彻底绝望,再用船把他们遣送回乡。如果说他没有像他们那样感到不加掩饰的不受欢迎,仅仅是因为他那有保护性的肤色,他的莫斯兄弟公司的西装,他的苍白皮肤。

十三

"经慎重考虑,我已决定……""在深刻的自我反省后,我做出如下决定……"

他在 IBM 工作已有一年多了,冬、春、夏、秋,又是一个冬天,现在进入又一个春天了。即便在纽曼街的办公楼里,一个用窗户密封的盒子般的大楼里,他都能感受到空气里的微妙变化。他不能再这样下去了。他不能再因为人类理应为面包而痛苦劳作的原则浪费自己的生命了,他好像一直在坚守这一点,但他甚至不知道自己从哪里得到这种原则的。他不能一直向开普敦的母亲证明他已自力更生、衣食无忧,所以她可以不用再担心他了。通常,他不知道自己在想什么,不在乎去搞清楚自己的心思。一个人太清楚自己的心思,在他想来,就意味着创造力的火花已死灭。但在这件事上,他不能眼看着自己陷入通常稀里糊涂的优柔寡断。他必须离开 IBM。他必须解脱,不管那要承担多大的耻辱。

过去的一年里,他的字迹变得越来越小,仿佛不听他的使唤,显得很小家子气。现在,他坐在桌边写辞呈,有意识地把字写大一点,弧度更饱满一点,看上去更有自信。

"经过长时间的反省,"斟酌到最后,他是这样写的,"我得出了如下结论:我的前途不在IBM。根据合同要求,我提前一个月提出辞职申请。"

他签好名,封好信封,写上收件人:编程部经理麦基弗博士,然后小心翼翼地放进标有"内部文书"的文件盘里。办公室里谁也没有看他一眼。他又回到自己的座位里。

下次信件收发是三点钟,还有时间再三斟酌,可以偷偷从盘中把信抽回来,撕掉。只要信件送出去了,就没有回头路了。明天,这消息就会传遍办公楼:麦基弗手下的人辞职了,一个在三楼上班的程序员,那个南非人。谁都不想和他说话,怕被人看见。他会被发派到考文垂。在IBM就是这样的。没有虚伪的伤感。他将被定论为半途而废的懒鬼,失败者,不再是清白的了。

三点钟,收发信件的女职员来了。他弯下腰盯着文件,心怦怦直跳。

半小时后,他就被叫去麦基弗的办公室了。麦基弗横眉冷对地问道:"这是什么?"指着摊在他办公桌上的那封信。

"我决定辞职了。"

"为什么?"

他料到麦基弗会发火的。是麦基弗面试他、接受并认可了他,完全相信了他的说辞:这个来自殖民地的普通青年想在计算机领域搏出一番事业。麦基弗有他的顶头上司,他不得不向上头解释自己看走眼了。

麦基弗的个子很高,穿得很时髦,讲起话来带牛津口音。他对于编程是一门科学或一门技艺或手艺或随便什么的讲法毫无兴趣。他只是个部门经理。那就是他擅长的：分配工作，管理员工的时间，鞭策他们完成与薪资相匹配的业绩。

"为什么？"麦基弗没好气地又问了一遍。

"我觉得，就人性层面来说，在IBM工作不是很让人满意。我不太满意。"

"把话说完。"

"我期望得到的更多。"

"你期望的是什么？"

"我期望的是友谊。"

"你觉得公司氛围不友好？"

"不，不是不友好，完全不是。大家都非常友善。但友善和友谊不是一码事。"

他本以为辞职信将是他的最后辩词。但那样想实在太天真了。他真该早点意识到，他们只会把那封信当作开战的第一枪。

"还有呢？要是你心里还憋着什么事，现在是讲出来的好机会。"

"没别的了。"

"没别的。我明白了。你缺少友情。你没有找到朋友。"

"是的，没错。我没有责怪任何人的意思。可能是我自己的错。"

"就为了这个，你想辞职。"

"是的。"

话已出口,听上去很蠢,并且确实很蠢。他被牵着鼻子走,讲了一堆蠢话。但他本该料想到这一出的。他们就是这样让他付出代价的,因为他拒绝与他们为伍、拒绝他们给他的工作、一份在行业佼佼者IBM公司的好工作。就像一个初学象棋的生手,被对手逼到死角,十步、八步、七步之内就被将死。管控学的一课。好吧,让他们去管控吧。让他们使出自己的招数,让他走出会让人猜透、能轻易反击的笨招数,直到他们厌倦了这场游戏,放他走。

麦基弗很唐突地用一个手势终止了这场对话。完事了,就目前来看是这样。他可以回自己的办公桌去。仅此一次,甚至都不强求他加班。他可以五点准时离开办公楼,为自己争取到一整个夜晚。

次日早上,麦基弗的秘书——麦基弗本人直接从他身边走过,他打招呼也不回应——通知他立即去市中心的IBM总部人事部门汇报。

听他陈述的人事部人员显然已听闻他抱怨IBM没法让他拥有友情。有只文件夹摊在他面前的桌上;随着询问的进展,他在列表上做下记号。他在工作中感到不快乐有多久了?他有没有在任何阶段和上司讨论过这种不快感?如果没有,为什么不去谈谈呢?他在纽曼街的同事们确实不太友好吗?不是?那他能否详细谈谈他的不满?

朋友、友谊、友善,这些词被提及得越多,听起来就越古怪。他能想象出这个男人实际上在说:如果你想找朋友,可以参加某个俱乐部啊,玩九柱球、玩模型飞机、集邮。为什么会指望你的雇主——IBM:国际商务计算机公司,电子计算器和计算机的生产厂家——为你提供友情?

当然,人事部人员是对的。他有什么权利抱怨,而且是在这个国家,这个每个人都对别人很冷漠的国家?他欣赏英国人的不正是这一点吗:他们在情感上的克制?难道不就是因为这个,他才会利用工作之余,正要撰写有关盛赞英语之简洁、有一半德国血统的福特·马多克斯·福特的论文吗?

他有点想不明白,结结巴巴地补充说明了他的不满。在人事部人员听来,这番补充和他的抱怨一样含混不清。**误解**:这个男人想听到的是这个字眼。这名雇员有所误解:这样推导才合情合理。但他觉得自己怎么说都没法帮到对方。让他们去琢磨吧,他们自有一套把他归类的办法。

人事部人员还特别想打探出来:他接下去要做什么?关于友谊匮乏的说法只是一个幌子吗,为了从IBM跳槽去某个IBM在商用计算机领域的竞争对手的公司?是不是有人承诺了他什么,开出了更好的条件?

他极尽诚恳地否认了这一点。他没有找到下家,没有竞争对手也没有任何公司的工作在等着他。他没有去面试。他离开IBM只是因为要离开IBM。他想要自由,就是这样。

他说得越多,听起来就越发愚不可及,和这个商业世界越发格格不入。但至少他没说出"我离开IBM是为了当诗人"这句话。至少,他保住了这个秘密。

就在这一切发生的当口,卡罗琳突然来了一个电话。她正在南部海岸的博格诺里吉斯度假,闲着无聊。为什么他不坐火车来陪她过个周六呢?

她去火车站接他。他们在主街的一家店里租了自行车,很快就骑行在青嫩麦田间空无一人的乡间小道上了。天气暖和得反常。他热得流汗。他没穿对衣服,不合时宜:灰色法兰绒裤,外套。卡罗琳穿了一件轻薄的番茄色束腰上衣,脚上是凉鞋。她的金色秀发闪着光,脚踩踏板时,修长的双腿也在微微闪光;她看起来真像个女神。

他问她到博格诺里吉斯来干什么?她答说:和姨妈住一阵子,一个失联已久的英国姨妈。他就没再多问。

他们在路边停下,越过一道篱笆。卡罗琳带了三明治;他们在栗树的荫庇下找了个地方野餐。后来,他觉得如果现在与她做爱,她是不会介意的。但他很紧张,这是在露天,任何时候都可能有农夫甚至巡警冒出来,逼问他们想干吗。

"我从 IBM 辞职了。"他说。

"很好。你接下去要做什么?"

"我不知道。我想,就先顺其自然过一阵子吧。"

她等他往下说,等着聆听他的计划。但他没有更多可说的了,没有计划,没有想法。他是有多蠢啊!为什么像卡罗琳这样的姑娘,一个很适应英国,小日子过得有声有色,在各方面都远远胜过他的姑娘,还会费神把他拽在身后?他能想到的理由只有一个:她仍然把他看作在开普敦的那个他,那时的他还会表示自己将成为诗人,那时的他还没有成为现在的他,被 IBM 改变的他:一个阉人、一个工作机器、一个匆忙去赶八点十七分的火车去上班的忧心忡忡的大男孩。

英国的其他公司会给离职的雇员办一场告别会——如果不是送金表,那至少也会在茶歇时聚一聚,讲一番致辞,一圈人鼓掌,不管诚不诚心,总之会致以美好祝愿。他在这个国家待的时候够久了,足以了解这一点。但在 IBM 不是这样的。IBM 不是英国公司。IBM 是新浪潮,代表全新的方式。这就是 IBM 打算大刀阔斧在英国闯出一条新路的原因。新路针对的是依然陷在旧式的、懒散的、低效率的英式老路。IBM 是精干的,艰苦耐劳,无情无感。所以,在他上班的最后一天并没有送别会。他默默地收拾好办公桌,和编程的同事们道别。"你会去做什么?"有个同事谨慎地问道。很显然,大家都听说关于友情的典故了;那让他们很不自在,表情举止都有点僵硬。"哦,我看看再说吧。"他回答。

第二天早上醒来,不用去特定的地方,这感觉挺有意思的。那是阳光灿烂的一天:他坐火车去了莱斯特广场,去查令十字街的几家书店逛了一圈。长了一天的胡楂儿让他决定留胡子。有了胡子,在那些从语言学校鱼贯而出去搭地铁的俊男靓女中间时,他看起来就不会那么格格不入了吧。那就顺其自然吧。

他已经决定了,从现在开始,他要去碰运气。小说里充满了引发浪漫或悲剧的偶遇。他准备好迎接浪漫情爱了,甚至也准备好迎接悲剧了,事实上,任何事他都可以接受,只要能够让他全身心投入,让他得到新生。说到底,那才是他在伦敦的原因:为了摆脱旧我,展现他全新的、真实的、激情的自我;现在,他的追求之路上已没有阻碍了。

日子一天天过去,他想干什么就干什么。严格说来,他现在是非法居留。用回形针别在他护照上、允许他居留英国的是工作许可证。既然他现在没有工作,许可证就失去了效力。不过,如果他行事低调,或许他们——政府、警察,不管负责的是什么人——会忽略他。

前景中的阴影是钱的问题。他的积蓄不会无限期地维持下去。他也没什么可以典当的。为了省钱,他不再买书了;天气好的时候他就步行,不再坐火车;他靠面包、奶酪和苹果过活。

运气没有眷顾他。但机会是不可预见的,你必须给运气时间。为了等到幸运女神最终朝他微笑,他只能做好准备,继续等待。

十四

　　有了想干什么就干什么的自由后,他很快就把卷帙浩繁的福特全集看完了。已经没有多少时间给他提交斟酌后的论断了。他能说什么呢?理科研究允许你交出否定的结论,表示对假说的论证失败了。但文科呢?如果他对于福特没什么新鲜论点可谈,那么,坦承他犯了错、申请退掉他的奖学金,退出学籍才是有尊严的正确做法吗?或许,校方会允许他提交一篇报告以代替论文,解释他选择的课题是多么令人气馁,他对自己的偶像是多么失望?

　　他提着公文包,迈出大英博物馆,走进大罗素街上熙熙攘攘的人群:数以千计的灵魂,却没有一个人在乎他对福特·马克多斯·福特或别的任何事物的想法。初抵伦敦时,他曾大胆地盯着过路行人的脸看,想找出每张脸孔的独特之处。那就好像在说:看,我在看着你!但没过多久他就发现,在这个城市里,无论男人还是女人都不会回应他的注视,反而会冷漠地避开视线,再大胆的凝视也无所助益。

　　对他凝视的每一次拒绝都让他感到轻微的疼痛,像是被刀刺了一般。一次又一次,明明有人注意到他了,却又立刻看穿他不够格,就拒绝了他。很快,他就没有胆量了,甚至还没被拒绝就主动退缩。他发现偷看女人几眼要容易些。看起来,在伦敦就是这样看人的。但他无法摆脱一种感觉:这样偷偷摸摸地看,多少含有几分贼眉鼠眼的不洁感。索性根本不去看吧。索性对你的邻人路人都不好奇,漠不关心吧。

在伦敦的这段时间里,他变了很多;他不确定是不是变得更好了。刚刚过去的这个冬季里,他曾想过自己会不会死于寒冷、悲惨和孤独。但他好歹是挺过来了。等到下一个冬天来临时,寒冷、悲惨对他的杀伤力就会减弱。那时候,他就会坚如磐石,渐渐成为地道的英国人。强硬如石并不是他的目标之一,但他可能不得不勉强接受。

总而言之,伦敦在证实它是个伟大的惩戒者。他的野心已比过去小了,小了很多。伦敦人罕有雄心壮志,起初这让他很失望。现在,他眼看着就要与他们为伍了。这个城市每天都在试炼他、追逼他;他像只挨打的狗,一直在吸取教训。

关于福特,他实在不知道该写什么,早上赖床到越来越晚。等他终于在书桌前坐定,又无法集中精神。夏日时光加剧了他的迷思。他所知的伦敦是一座冬天的城市,每个人每一天都要艰辛工作,除了夜晚降临、上床昏睡之外没有别的盼头。但在这些仿佛就是为了让人放松消遣的惬意夏日里,试炼仍在继续:他却不再确定被考验的是哪一部分。有时,好像仅仅是为了考验他而考验他,只为了看他能不能忍到底。

他没有后悔辞掉 IBM 的工作。但他现在完全没有可以说话的对象了,就连比尔·布里格斯也没有了。一天又一天过去,他常常不发一言。他开始在日记上用S标出这些日子:沉默的日子。

在地铁站外面,他不小心撞到一个卖报的小老头。"抱歉!"他说。"瞧着点,你往哪儿走呢!"老头怒声骂道。"抱歉!"他再次道歉。

抱歉:这个词说出口时感觉很沉重,像块石头。一个无法确定语法属性的单词,这算说话吗?发生在他和老头之间的这段话算是人际交流的例子吗,还是更应该被描述为:仅仅是社会性的互动,就像蚂蚁和蚂蚁触须相碰?显然,这对老头来说不算什么。那个老头一整天站在他那摞报纸边,骂骂咧咧地自言自语;他就等着有机会冲着某些路人吼几句。而在他这里,对那个单词的记忆将延续好几个星期,甚或他的余生。撞到人,说"抱歉!",挨骂:这简直是一种诡计,强迫对话发生的低级手段。如何用孤独来取乐。

他在受试炼的谷底,表现得不怎么样。然而,他不可能是唯一受试炼的人。必定有人穿过了谷底,从另一头走了出来;也必定有人完全躲开了考验。只要他愿意,他也可以躲过这一劫。比方说,他可以一路奔向开普敦,再也不回来。但他想那样做吗?当然不,还不行。

然而,万一他逗留下去却经不住考验,颜面扫地,一塌糊涂,那该如何是好?万一他独自一人在租屋里哭起来,哭到停不下来,那该怎么办?如果有天早上醒来,他发现自己失去起床的勇气,觉得在床上赖一天更轻松——赖一天,再赖一天,又赖一天,赖在越来越邋遢的床铺中——那该怎么办？这种经受不起考验乃至垮掉的人,下场如何？

他知道答案。这种人会被送到某处——医院、疗养院、收容所——由专人照管。就他而言,很简单,直接遣送回南非。经受不起考验的英国人已经够多了,英国人照管自己人都来不及。他们为什么还要照顾外国人？

他在苏活区希腊街的一户门口徘徊不定。门铃上方的名卡上写着:杰姬,模特。他需要人际交往:还有什么比性交更具人性呢？他从阅读中得知,自远古至今,艺术家就常常嫖妓,也没什么大不了的。实际上,艺术家和妓女是站在同一个社会阵营里的。但是,杰姬,模特,这个国家里的模特等同于妓女吗？还是说,在合法出卖自己的行当里也分三六九等,但没有人跟他解释过这种内部等级？希腊街的模特,有没有可能代表了非常特殊的事情或趣味:比方说,一个女人在灯光下裸体摆出姿态,穿着雨衣的男人们站在周围的阴影里,用贼溜溜、色眯眯的眼光盯着她看？一旦他按响门铃,在他无法抽身退出之前,有没有什么打探的门路,让他先把规矩搞明白？万一,杰姬其实又老又胖又丑呢？照规矩办该怎么办？对杰姬这样的女人,你可以说来就来吗？还是要事先电话预约？该付多少钱？是不是除了他之外,伦敦的每个男人都知道其中的分寸？万一他一进门就被认定是乡巴佬、土包子,狠狠宰他一笔,那该怎么办？

他动摇了,走开了。

走在街上,有个穿黑西装的男人好像认出了他,好像要停下来开口讲话。那是一个高级程序员,他在 IBM 时的同事,虽没有太多接触,却一直挺有好感的。他犹豫了一下,然后很尴尬地点点头,匆忙走开。

"最近你在忙什么呢——享受人生吗?"那人会亲切地微笑着这样问他。他该怎样回答呢?说我们不能总是工作,人生苦短,我们必须及时行乐?开什么玩笑,多么不可原谅!他的祖先过的是顽强、简陋的生活,穿着黑衣服在卡卢①的酷热和尘土中汗流浃背,结果有了这样的后代:一个在外国城市里游手好闲的年轻人,坐吃山空、嫖妓、装作是艺术家!他怎可如此轻易地背叛祖先,还指望躲开他们复仇的幽灵?寻欢作乐不是那些男人和女人的天性,也不是他的。他是他们的后代,从诞生开始就注定要受苦、要悲伤。说到底,若不是发自痛苦,有如从石头里挤出血,诗歌从何而来呢?

南非是他内心的伤痛。还要多久,这个伤口才会不再流血?在他能够说出"很久以前我住在南非,但现在我住在英国"之前还要咬牙坚忍多久?

时不时地,他会有短暂的一瞬由外而内地看清自己:一个喃喃自语、忧愁的青年,平淡又无趣,乃至没有人多看他一眼。这类彻悟的闪现令他不安;他不愿留取,宁可将它们埋入黑暗,全部忘记。他在这些瞬间看清的自己,仅仅是他表面的样子,还是他真实的样子?万一被奥斯卡·王尔德说对了呢:表象之下不存在更深层的真相?有没有可能,平淡无趣不仅在于表象,也深入内心最深处,但你仍可以当个艺术家?比方说艾略特,他会不会打

---

① Karoo,南非的干旱地区。

骨子里就很平淡无趣？他声称艺术家的个性和其作品没有必然关联,这是不是一种策略,只是为了掩饰他本身的平淡无趣？

也许是吧;但他是不信的。如果要他选择信王尔德还是信艾略特,他就会选择艾略特。如果艾略特主动选择让自己看起来平淡又无趣,选择穿西装、在银行里上班、自称J.艾尔弗雷德·普鲁弗洛克,那必定是一种伪装,是艺术家在现代社会里所必需的一种狡猾的手段。

有时候,在城里的大街上走厌了,他会躲到汉普斯特德野地公园,那样更轻松。那儿的空气轻柔又温暖,小路上随处可见年轻的母亲们推着婴儿车,或在孩子们嬉戏的时候聊天。多么平静,多么满足！他以前不太能容忍描写蓓蕾含苞、轻风吹拂的诗歌。现在,在滋养出这些诗歌的大地上,他开始理解阳光回春再现时会带来多么深切的喜悦。

有一个星期天的下午,他觉得很乏,就把外套折起来当枕头用,在草地上躺下,伸直身体,沉入半梦半醒之中,意识没有完全消失,依然盘旋在脑海里。那是他以前不曾了解的状态;似乎能在自己血液的脉动里感受到大地沉稳的转动。远处孩子们的叫嚷,鸟儿的鸣唱,昆虫的嗡叫,各种能量汇聚成一曲喜悦的颂歌。他的心中充满了激情。终于！他心想道,它终于来了,和天地万物融合一体的狂喜瞬间！生怕那个时刻转瞬即逝,他努力地想让纷扰的思绪安定下来,仅仅做个传导者,去试着接收并传递那没有名称但极其宏大的宇宙能量。

以时钟的刻度来说,那个片刻只延续了几秒,那个颇有深意的大事件。但当他起身、掸去外套上的尘土时,他觉得精神振奋、焕然一新。他在阴暗的大城市里兜兜转转,接受考验,改造旧我,但在这里,在和煦春阳下的一片绿色草地上,竟迎来了出乎意料的进展。就算他还没有脱胎换骨,那也至少得到了祝福,暗示了他终究是属于这个尘世的。

十五

他必须找出省钱的办法。租金是他最大的一笔开销。他在汉普斯特德本地报纸的分类广告栏登了一则广告："有责任心的专业人士寻代管房屋之职,长期短期皆可。"有两人打来电话询问,他说自己在 IBM 工作,但愿他们不会去查证。他想给别人留下一种严谨、得体的印象。这招很有效,他很快就受聘在六月去照看瑞士别墅区的一套公寓。

唉,可惜他不能独享这套公寓。屋主是个离异的女人,有个小女儿。她去希腊期间,女儿和保姆都将由他照管。他的职责很简单:处理信件,缴付账单,若有紧急状况,他能在现场处理。他会有一个自己的房间,可以用厨房。

职责还涉及她的前夫。这位前夫每周日都会出现,带他女儿出去玩。据他的雇主或者说女赞助者说,他"脾气有点火暴",绝不能让他"在任何事情上得逞"。他追问道,这位前夫到底想在什么事情上得逞呢?他得到的回答是,"留孩子在他那儿过夜"。在这套公寓里乱翻乱找、顺手牵羊。不管怎样,哪怕他说得天花乱坠——她意味深长地看了他一眼——绝对不允许他带走任何东西。

他有点明白她为什么需要他了。保姆是从距南非不远的马拉维来的,她完全可以胜任清扫、购物、喂孩子、接送孩子去幼儿园的工作。她甚至还可以缴付账单。她不能胜任的事就是应对不久前还是她雇主、至今还称他为主人的男人。他给自己找的其实是保镖的活儿,守卫这套公寓和里面的东西,不让那个不久前还住在这里的男人带走。

六月的第一天,他叫了辆出租车,载上他的行李箱和手提箱,从乌七八糟的阿奇维街区搬去了清净高雅的汉普斯德特住宅区。

公寓很大,空气流通;阳光从窗户里洒进来;屋里铺着柔软的白色地毯,书柜里摆满了看起来很有意思的书。这和他迄今为止看到的伦敦市景很不同。他简直不能相信自己的好运气。

他把东西从箱子里拿出来的时候,那个小女孩,也就是他的新职责对象,站在他的房门口看他的一举一动。他以前从没照管过小孩。因为从某种意义上说他还很年轻,会不会和孩子之间就有自然而然的亲近感?他带着最让人放心的笑容,慢慢地、轻轻地把她关在了门外。片刻后,她推开了门,继续一本正经地观望他。她好像在说,这是我家,你在我家做什么?

她叫菲奥娜。五岁。那天晚些时候,他试图去和她交朋友。她在客厅里玩的时候,他跪坐在地板上,抚摸家里的猫:一只块头巨大、懒洋洋、去了势的公猫。那只猫让他摸,看起来,它可以承受所有的关爱。

"小猫想喝牛奶吗?"他问,"我们让小猫喝点牛奶好吗?"

小女孩无动于衷,好像没有听到他讲话。

他走向冰箱,在猫食盆里倒了点牛奶,再把食盆带回来,放在猫面前。猫闻了闻冷牛奶,但没有喝。

小女孩用细绳捆住几只洋娃娃,塞进洗衣篮,再把它们拽出来。假如这是个游戏,他真看不出来有什么好玩的。

"你的洋娃娃叫什么名字?"他问。

她没有回答。

"那个黑脸娃娃叫什么?戈力?"

"他不是黑脸娃娃。"小女孩回答。

他放弃了。"现在我要去忙了。"说完他就走了。

之前他已听说,保姆名叫西奥多拉。西奥多拉还没有向他正式介绍过自己,他显然不是主人。她的房间在走廊尽头,紧挨着孩子的房间。这两个房间和洗衣间归她管,这是双方都清楚的事。客厅是共享地带。

他估摸着,西奥多拉四十有余。从梅林顿夫妇最后一次去马拉维工作开始,她就一直在他们家干活。火暴脾气的前夫是人类学家:梅林顿夫妇去西奥多拉的国家是为了做田野调查,记录土著音乐,收集部落人的乐器。用梅林顿夫人的话来说,西奥多拉很快就"成了朋友,不仅仅是家里的帮佣了"。因为她和孩子很亲近,他们就带她回了伦敦。她每个月都寄钱回家,好让她自己的孩子们有的吃,有的穿,还能去上学。

现在可好,突然来了个半大不小的陌生人,要在她的管辖范围里指手画脚了。西奥多拉用隐忍的态度也用沉默让他明白,她讨厌他在这里。

他不怪她。问题在于,她讨厌他只是因为这样安排刺伤了她的自尊,还是有别的原因? 她必定知道他不是英国人。会不会因为他是南非人,南非的白人,布尔人,她才讨厌他这个人? 她必定知道布尔人是什么样的。非洲处处都有布尔人——啤酒肚、红鼻子、穿大短裤、戴帽子的男人,穿着无型无款的宽松长裙的女人——罗德西亚、安哥拉、肯尼亚都有,马拉维肯定也有。他能不能做点什么让她明白,他不是那种布尔人? 让她知道他主动离开了南非,决定把南非彻底抛之脑后? 非洲是你们的,你们可以随心所欲:如果他在厨房餐桌上冷不丁地对她甩出这句话,她会不会改变对他的成见?

非洲是你们的。几个屈指可数的荷兰人在伍德斯托克海滩涉水上岸,继而宣称拥有那片他们从未见过的异域领土;而他们的后代至今仍认定那片领土是他们生来就拥有的——在他还把那片大陆称作自己的家园时,这一切好像非常自然,但现在站在欧洲的立场去看,却是越看越荒谬。更荒谬的是,其实第一批登陆的荷兰人误解了指令,或是假装误解委派给他们的任务。给他们的指令是为东印度公司的船队挖出个菜园,种上菠菜和洋葱;两英亩、三英亩,最多五英亩,所需不过如此。就指令而言,并不打算让他们偷走非洲最好的土地。如果他们乖乖奉命而行,他就不会在这里,西奥多拉也不会在这里。西奥多拉会在马拉维的天空下幸福地舂粟米,而他呢? 他应该会在雨中的鹿特丹,坐在办公室的办公桌边,在一本账本上核算数值。

西奥多拉是个胖女人,胖到了每个细枝末节:从肉嘟嘟的脸颊到圆滚滚的脚踝。她走起路来会左右摇摆,累得直喘。她在室内穿拖鞋;早上送孩子去上学时,她得把一双胖脚塞进网球鞋里,披上黑色长袍,戴上编织帽子。她每星期干六天活儿。星期天,她要去教堂,但除此之外还是在家里休息。她从来不打电话;她好像没有自己的社交圈。他猜不出她独自待着的时候做什么。他不贸然进入她或小女孩的房间,哪怕她们不在家;反过来,他希望,她们也不会偷偷去他房间里。

在梅林顿家的书柜里,有一卷中国古代帝王对开本春宫画。戴着形状奇特的帽子的男人敞开袍子,画中的女人们又白皙又柔软,如同蜜蜂的幼虫;她们柔弱无力的双腿好像只是粘在肚子上的。他很想知道,现在的中国女人褪去衣衫后还是这样子吗?也许接受再教育、在田里劳作会给她们更适宜的躯体,更适宜的双腿?他有多少机会知道答案?

因为他是靠假扮值得信赖的专业人士才得到免费住所的,所以他不得不继续伪装出上班的假象。他起得很早,比他以前上班时还早,那是为了在西奥多拉和孩子有动静之前吃完早餐。然后,他就把自己关在自己的房间里。等西奥多拉送完孩子回来后,他才从公寓出发,显而易见是要去上班。一开始,他甚至穿上了黑西装,但很快就在这方面松懈了。他会在五点回家,有时候是四点。

幸好是在夏季,他不用局限在大英博物馆、书店和电影院里,还可以去公园散步。如此想来,他父亲长时间失业那会儿,大概也是这样过的:穿着上班的衣服在城里闲逛,或是坐在酒吧里,盯着时钟的分针秒针,等到可以回家的体面时刻到来。有其父,终究必有其子吗?这种无能的血脉在他体内隐藏得多深?他会不会最终也变成一个酒鬼?人要变成酒鬼,需要什么特定的脾性吗?

他父亲喝的是白兰地。他试过一次,但如今只能回想起一种让人难受的、金属般的余味。在英国,人们喝啤酒,他也不喜欢那种酸涩的口味。如果他不喜欢喝酒,是不是就安全了,拥有了不会成为酒鬼的免疫力?还有没有他连想都没想到的其他方式能让他父亲在他的人生中验明血统?

那位前夫没多久就露面了。那是星期天上午,他正在舒服的大床上打盹,突然听到门铃响,还有摸索钥匙的声音。他跳下床,暗自咒骂自己。"你好,菲奥娜,西奥多拉!"的话音传来了。继而是一阵混乱、急促的脚步声。接着,连敲门声都没有,他的房门就被推开了,那男人抱着小女孩,两人都在盯着他看。他刚刚把裤子提上。"你好!"那男人说道,"瞧瞧这是谁呀?"

这是英国人爱说的一句口头禅——比方说,英国警察抓到了现行犯的时候。菲奥娜可以解释他是谁,但她决定不开口。相反,她从父亲臂弯的高度俯瞰他,带着毫不掩饰的冷漠表情。真不愧是她父亲的女儿:同样冷酷的眼睛,同样的眉毛。

"我负责在梅林顿太太不在家的期间照看公寓。"他说道。

"啊,没错,"那男人说,"南非人。我都忘了这茬儿。请允许我自我介绍:理查德·梅林顿。我曾是这套公寓的主人。你感觉如何?安顿好了吗?"

"是的,我很好。"

"那就好。"

西奥多拉也来了,手拿孩子的外套和靴子。那男人让女儿从怀里滑下去。"我们上车前,"他对她说道,"记得去嘘嘘哦。"

西奥多拉和孩子走了。他们两人还在,他和这位衣着考究的英俊男子。他刚才还在他以前的床上睡觉呢。

"你打算在这里待多久?"那男人问。

"就到月底。"

"不,我问的是在这个国家待多久?"

"哦,不一定。我已经离开南非了。"

"那里的局势很糟糕,是吗?"

"是的。"

"就连白人也觉得糟糕?"

他该怎样回答这种问题呢?一个人背井离乡就是为了不想死于羞耻?为了逃避迫近的大灾难?为什么在这个国家,严正之词听上去总是不得其所?

"是的,"他说,"至少我这样认为。"

"这倒提醒我了。"那男人说着,穿过房间,走到唱片架边,一边翻看,一边抽出了一张、两张、三张唱片。

这正是雇主提醒他要注意的事,他必须阻止发生的事。

"对不起,"他说,"梅林顿太太特别嘱咐我……"

那男人挺直了身子,面对他。"戴安娜特别嘱咐你什么?"

"不允许任何东西被带出去。"

"别扯了。这都是我的唱片,她用不着。"他镇定自若地继续翻找,取出了更多唱片。"如果你不相信我,就给她打电话好了。"

孩子穿着笨重的靴子走进屋来,脚步声也很重。"我们可以走了吗,亲爱的?"那男人说,"再见。祝你一切顺利。再见,西奥多拉。别担心,我们会在洗澡时间之前回来的。"他抱着女儿和唱片,走了。

十六

来了一封他母亲的信。他弟弟买了辆车,她写道,一辆出过车祸的名爵。他弟弟不好好念书了,现在整天都在捣鼓那辆车,想把它修好,让它跑起来。他也找到了新朋友,但不肯把他们介绍给她。其中有个人看上去是中国人。那些人围坐在车库里,抽烟;她怀疑这些狐朋狗友会带酒来喝。她很担心。他弟弟是轧上坏道了;她该怎样把他拉回正道?

在他看来,这倒是耐人寻味。也就是说,他弟弟终于开始挣脱母亲的怀抱了!但他选了一种多么奇怪的方式:修汽车!他弟弟真的知道怎样修车吗?他从哪儿学到的这种手艺?他一直以为,在兄弟两人中,他的手更巧一点、在机械方面更有感觉。他一直都想错了吗?他弟弟还藏着什么他不知道的本事?

这封信里还提到了别的消息。他的堂妹伊尔莎和一个朋友将去瑞士参加野营度假,很快会先到英国。他能不能带她们在伦敦四处转转?她们会住在伯爵宫的一家青年旅店,她把地址给了他。

他非常讶异,毕竟他跟她讲了那么多,他母亲竟仍然认为他想和南非有牵连,尤其是和他父亲家族的人有来往。自儿时之后,他就没再见过伊尔莎了。他和她会有什么共通之处?那是一个在穷乡僻壤读书的姑娘,想去欧洲度假时只能想出去宜人的瑞士户外旅行——毫无疑问,旅费是她父母出的——偏偏是个在其历史上从未诞生一个伟大艺术家的国家?

但是,既然已经明说了她的名字,他就无法置之不理。在他的印象里,她是个又高又瘦、腿脚伶俐的孩子,长长的金发束成马尾。现在,她应该至少十八岁了。她会长成什么样?户外生活会把她改造成一个漂亮姑娘吗,哪怕只是昙花一现?这种事,他在农村孩子身上见过好多回:有过形体美好的短暂花季后,皮肤将变得粗糙,身材会变得厚实,和他们的父母一模一样。他真的要拒绝这个机会吗,陪在一个高挑的雅利安女猎手身旁漫步伦敦?

他意识到,自己的浮想联翩中潜藏着性欲的骚动。这是怎么回事儿,他的渴望会被堂表姐妹们点燃,哪怕只是想到她们?仅仅因为她们代表禁忌?禁忌就是这样一回事吗:通过禁止来激发渴望?还是说,让他欲念滋生的理由并没有那么抽象:女孩和男孩对打,肉体与肉体的接触,从孩提时代起就储藏在记忆里的扭打场面,现在以一种性的冲动爆发出来了?记忆,也许还有注定会有的轻松感:来自拥有共同的家国历史、血脉相连的两个人,在说出第一个字之前就会有放松的感觉。知根知底,无须介绍,无须笨拙地试探。

他在伯爵宫青年旅店留了口信。几天后收到一通电话:不是伊尔莎打来的,而是她的旅伴,英语讲得不太灵光,把 is 和 are 说错了。她带来了坏消息:伊尔莎病了,流感恶化成了肺炎。她在贝斯沃特的一家诊所里休养。她们的旅行计划也延缓了,要等她好转再说。

他去诊所探望了伊尔莎。他的所有希望都破灭了。她不漂亮,甚至也不高挑,只是个普普通通的圆脸女孩,灰褐色的头发,讲话的时候呼哧呼哧直喘。他问候了她,但没有行亲吻礼,怕被传染。

那位旅伴也在病房里。她叫玛丽安;小个子,但很丰满;穿着灯芯绒长裤和靴子,透出健康的气息。他们用英语聊了一会儿,之后他终于妥协了,转成了在家里说的南非荷兰语。虽然已有好几年没讲过南非荷兰语了,他却感到自己立刻放松下来,好像滑入了暖水澡盆。

他原以为可以借这个机会炫耀一下他对伦敦的了解。但伊尔莎和玛丽安想看的伦敦并不是他所了解的伦敦。关于杜莎夫人蜡像馆、伦敦塔和圣保罗大教堂之类的地方,他讲不出什么门道,因为他都没去过。他也不知道怎样去埃文河畔的斯特拉特福①。他可以告诉她们的是——哪家电影院在放外国电影,哪家书店在哪方面最突出——但她们并不想知道这些。

伊尔莎在服用抗生素;还要一些时日才能痊愈。在此期间,玛丽安无所事事。他提议去泰晤士河边走走。穿着远足用的靴子,留着朴素的发型,出身于菲克斯堡的玛丽安

---

① Stratford,莎士比亚的故乡。

在时髦的伦敦姑娘们中间显得格格不入,但她好像满不在乎。她也不在乎别人是否听到她在讲南非荷兰语。他倒是希望她能压低音量。他很想告诉她,在这个国家讲南非荷兰语就好比在讲纳粹语,假设有那种语言的话。

他对她们年纪的估算是错误的。她们早就不是孩子了:伊尔莎二十岁,玛丽安二十一。她们都在奥兰治自由邦大学读最后一个学年,学的都是社会福利专业。他没有发表意见,但在心里想——社会福利不就是帮助老太太们买东西嘛,实在不太像一所正规大学教授的专业学科。

玛丽安从没听说过计算机编程,也不太感兴趣。但她确实提及,用她的话来说:他打算什么时候回家。

他不知道,他这样回答。也许永远不回去。难道南非的未来局势不让她担忧吗?

她用嘲笑的态度摇摇头。南非没有英国报纸上说的那么糟,她说。黑人和白人可以融洽相处,只要没人去招惹他们。再说了,她对政治没兴趣。

他请她去人人影院看了场电影。上映的是戈尔达的《法外之徒》,他以前看过,但这部电影可以多看几遍,因为女主角是安娜·卡丽娜,他现在很迷她,就好像一年前迷莫妮卡·维蒂那样。因为这部电影不算是高雅的知识分子文艺片,至少不是那么明显,而是表现了一群没本事的帮派青年、外行的犯罪分子,他看不出玛丽安有什么理由不喜欢。

玛丽安不爱抱怨,但看电影的整个过程里,他都能感觉到她在他身边坐立不安。他偷偷瞥了一眼,看到她在剔指甲,根本没看银幕。他后来问过,你不喜欢这部电影吗?她答说她看不懂剧情。原来她从没看过带字幕的外国电影。

他带她回了公寓,或者说他目前暂住的公寓,喝了杯咖啡。快到十一点了,西奥多拉已经睡下了。他们盘腿坐在客厅里的厚绒毛地毯上,关上房门,轻轻地聊天。她不是他的堂妹,而是他堂妹的朋友,从他老家来的,她引发出一种让人兴奋的非分之想。他吻了她;她好像不介意被他亲吻。他们面对面地躺倒在地毯上;他开始解开她的纽扣,松开系带,拉下拉链。最后一班南下的火车十一点半发车。她肯定是赶不上了。

玛丽安是处女。他终于让她赤裸地躺在双人大床上后才发现这一点。他以前从来没睡过处女,也从没从生理角度细想过处女是什么状况。现在他要吸取教训了。他们做爱的时候玛丽安一直在流血,做完了血也没止。冒着吵醒女仆的风险,她轻手轻脚地去洗手间清洗。她去了之后,他才把灯打开。床单上有血迹,他身上也有血。他们一直像猪一样在血泊中打滚,浮现在他眼前的这番景象让他很不舒服。

她裹着一条浴巾回来了。"我真的要走了。"她说。"末班车都走了,"他说,"你为什么不在这儿过夜呢?"

血没有止。玛丽安睡着时,夹在两腿间的浴巾越来越湿。他躺在她身边,清醒又苦恼。他应该叫辆救护车吗?如果这样做,他能不吵醒西奥多拉吗?玛丽安好像不太担忧,但万一只是为了让他安心而装出来的呢?万一是她太无知或是太轻信他,以至于无法正确评估事态呢?

他认定自己睡不着了,结果却睡着了。他是被讲话声和水流声吵醒的。五点钟；树上的小鸟已经叫起来了。他昏昏沉沉地爬起来，到门边细听：西奥多拉在讲话，然后是玛丽安。他听不清她们在说什么，但绝不可能是在讲他的好话。

他扯下床单。血渗到床垫上，留下了一大块不规则形状的血迹。他又愧疚又气恼地把床垫翻了个面。血渍早晚都会被发现的。他得在被发现之前离开这里，必须确保这一点。

玛丽安从洗手间回来了，穿着一件不属于她的浴袍。他沉默不语、怒气冲冲的表情让她大吃一惊。"你又没跟我说过不能和她讲话，"她说，"为什么我不能和她讲话？她是好心的老太太。很善良的老阿妈。"

他打电话叫来出租车，在她穿戴的时候故意等在前门口。出租车到了，她要拥抱他，但他躲闪开了，在她手里放了张一英镑的纸钞。她费解地看着钞票。"我自己有钱。"她说。他耸耸肩，为她拉开了出租车的车门。

寄宿此地的余下的日子里，他始终在躲避西奥多拉。早上很早他就出门，晚上很晚回来。如果有消息要传达给他，他也置之不理。他接下这个活儿时，承诺过要提防那位前夫，有状况发生时还要确保在场。之前他已食言了一次，现在又是说到做不到，但他不在乎了。这次麻烦的做爱，两个女人的交头接耳，染了血的床单，留下血渍的床垫：他只想把这桩令人羞耻的事忘个干干净净，永不再提。

他给伯爵宫青年旅店打了电话，口齿含糊地请他的堂妹接电话。旅店的人告诉他，她们已经走了，她和她的朋友。他放下电话,如释重负。她们安全无恙地走了,他不用再面对她们了。

剩下的问题在于该如何总结这段插曲,该怎样纳入他交代给自己的人生故事里。他的表现很不光彩,这是毋庸置疑的,俨如一个无赖。这个称谓可能过时了,但十分确切。就算有人扇他耳光甚至朝他吐唾沫,他都是活该。既然没有人出手扇他,他无比肯定他将自行销毁。良心的反复噬啃①。就让这番悔恨成为他和众神之间的约定吧:他将惩罚自己,以求这段无赖的行径永远不被外人所知。

但说到底,这件事就算传出去了,又有什么大不了的呢?他属于两个相互隔绝的世界。在南非的世界里,他不过是个幽灵,一缕迅速消散的青烟,很快就将彻底消失。在伦敦的世界里,几乎没有人知道他的存在。他已经开始寻找新住处了。只要他找到一间租屋,就会和西奥多拉、和梅林顿太太家彻底断绝关系,消失在茫茫人海中。

不过,这件憾事引发的不只是羞耻。他来伦敦是为了达成在南非不可能做到的事:探索最深的奥秘。如果不沉到深渊里探索,你就不可能成为艺术家。但究竟怎样才算深渊呢?他本来以为在冰封的街上艰难跋涉、任孤寂麻木他的心就算是深渊了。但也许真正的深渊不是那样的,而是以料想不到的方式出现的:比方说,在清晨时分,在一个女孩面前暴露了不堪之举。也许,他始终想探索的那个深

---

① Agenbyte of inwit:中古英语,有悔过之意,因詹姆斯·乔伊斯在《尤利西斯》中使用而再度被世人熟知。

渊一直都潜藏在他心底,封存在他的胸中:冷漠、冷酷、卑劣的深渊。放纵一个人的嗜好、恶习,然后自我反省悔过——正如他现在所做的这样,会有助于让人成为合格的艺术家吗?眼下,他看不出有那种可能。

反正,这段插曲已告终,勾销了,被抛进了过去,被封存在记忆中了。但事实并非如此,不完全是。来了一封卢塞恩邮戳的信。他不假思索地打开信封,读了下去。信是用南非荷兰语写的。"亲爱的约翰,我认为我应该让你知道我一切都好。玛丽安也还好。一开始,她不明白你为什么不来电话,但过了一阵子她就振作起来了,我们玩得挺开心的。她不想写信,但我想我反正是要写的,我要说的是,我希望你不会那样对待你所有的女友,哪怕是在伦敦。玛丽安是个很特别的人,你那样对待她,对她很不公平。你应该好好想想你要怎样生活。你的堂妹,伊尔莎。"

哪怕是在伦敦。她这话是什么意思?是说,即便用伦敦的标准去看他的表现都很可耻吗?伊尔莎和她的朋友,从奥兰治自由邦那样的荒野之地来的年轻人,怎么会了解伦敦,乃至伦敦的标准呢?他很想说,伦敦在堕落。如果你们多待一阵子,而不是奔着牛铃声和牧草地而去,你们大概自己就会发现真相的。但他并不真的相信该归咎于伦敦。他看过亨利·詹姆斯的书。他知道要堕落是有多容易,一个人只需松懈下来,堕落就会自动出现。

信中最伤人的地方在于称呼和落款。亲爱的约翰,这不是给家人的称呼,而是对陌生人的;你的堂妹,伊尔莎:谁能想到一个乡下姑娘竟有本事这么一针见血!

甚至在他把信揉成一团、扔掉之后的数日、数周里,堂妹的信依然让他无法忘怀——他想方设法把信的内容忘个精光,所以不是信纸上具象的字词,忘不掉的是他对那一刻的记忆:虽然他早就注意到瑞士邮票和圆润稚气的笔迹,他还是展信去读了。真是个傻瓜!他在期待什么:感激的赞歌吗?

他不喜欢坏消息。尤其不喜欢关于他自己的坏消息。他对自己说,我对自己够苛刻了,用不着别人帮忙。这是他需要捂住耳朵、不去听批评时惯用的狡猾伎俩。当杰奎琳站在三十岁女人的视角,对他陈述她对于他这个情人的种种看法时,他觉得这样做很有用。现在,只要一段恋情有了扫兴的势头,他就会退出。他厌恶大吵大闹、火冒三丈的场面,他厌恶逆耳的真相("你想知道关于你的真相吗?"),于是尽其所能躲开这一切。真相到底是什么?如果他对自己而言都是谜,对别人来说又怎么可能不是谜呢?他打算向他生命中的女人们提出一项约定:如果她们对待他就像面对一个谜,他也会像对待一本合上的书那样对待她们。在这个基础上,并且只有在这个基础上,他们才有可能交往下去。

他不是傻瓜。作为情人,他的资历乏善可陈,他明白这一点。他从没在哪个女人心中激起他所谓的激情之爱。事实上,回首过往,他想不起来自己曾充当过激情的对象——无论什么程度、真正的激情。这必定说明了他的某些真相。至于狭隘意义上的性,他猜想,他提供的性很贫乏;反过来,他得到的性也很贫乏。要说这是谁的错,肯定是他的错。

只要他缺乏勇气,有所保留,为什么女人不同样有所保留呢?

性是衡量一切的标杆吗?如果他在性事上感觉失败,是不是在人生试炼的所有方面都会失败?如果不是这样,应付起来倒还容易些。可是,当他环顾四周,他就找不出谁不敬畏性爱之神,大概,例外的只有维多利亚时代的遗老、极少数的老顽固吧。哪怕是表面上看起来那么合乎体统、那么维多利亚式的亨利·詹姆斯,在他的书里也有几处隐晦地暗示:说到底,凡事都关乎性。

在他持续关注的所有作家里面,他最信赖庞德。庞德的激情很充沛——因渴求而痛楚,因高潮而燃烧——但那是种没有后顾之忧的激情,没有阴暗面。庞德能够镇定自若的关键原因是什么?是不是因为他崇拜的是希腊诸神,而非希伯来诸神,因而不用担心有愧疚?抑或是因为庞德全身心沉浸在伟大的诗歌中,肉身和情绪已然统一,而这种和谐感可以即刻感染女性,让她们向他敞开心扉?或是刚好相反,庞德的秘密仅仅是一种干脆利落的生活方式,那是由美国成长背景、而非诸神或诗歌带来的爽快感,女人们就喜欢这种感觉,视其为一种明示:表明这个男人知道自己想要什么,知道他和她该何去何从,并以坚决但友善的方式担起责任?这就是女人想要的吗:让男人负责地照料,引领方向?这是他们跳舞时遵循的规矩吗:男人领舞,女人跟随?

对于自己在情爱中的失败,他的解释是:还没遇到命中注定的那个女人,哪怕这种老掉牙的论调越来越不可信了。那个命中注定的女人必将看穿他呈现给这个世界的朦胧表象,直接看到他的内心深处;那个女人必将释放藏在他深处的强烈激情。在那个女人到来之前,在命定的那天到来之前,他只是在消磨时间。这就是为什么玛丽安可以被忽略。

有个问题仍在困扰他,而且挥之不去。如果那个将要释放他的激情的女人当真存在,她也能释放出被壅塞的诗之源流吗?还是刚好相反,将由他决意把自己改造成诗人,继而证明自己值得她爱?若前者是真的就好了,但他深表怀疑。正如他用一种遥远的方式爱上了英格博格·巴赫曼、用另一种方式迷恋安娜·卡丽娜那样,他由此想道:那个命定的女人将必须透过他的作品了解他,先爱上他的艺术,再傻乎乎地爱上他本人。

十七

他在开普敦的硕导盖伊·豪沃斯教授来了一封信,拜托他做些学术上的小事。豪沃斯在写一本十七世纪剧作家约翰·韦伯斯特的传记,想让他帮忙去大英博物馆的手稿收藏室复印几首也许是韦伯斯特年轻时写的诗作原稿,而且,他可以顺便把所有署名"I.W."有可能出自韦伯斯特之手的原稿都复印下来。

他发现那些诗读起来都没什么特别的,但他觉得受此嘱托本身就是一种荣幸,意味着他可以仅凭写作风格识别出《马尔菲公爵夫人》的作者的其他作品。他从艾略特那儿得知,能作出精准的区别最能考验评论家。他又从庞德那儿得知,评论家必须有能力仅从流行的喧哗中辨析出真正的大师之音。如果他不会弹钢琴,至少也能在打开收音机时分辨出巴赫和泰勒曼①、海顿和莫扎特、贝多芬和施波尔②、布鲁克纳③和马勒④

---

① Georg Philipp Telemann(1681—1767),德国巴洛克时期音乐作曲家。
② Ludwig Spohr(1784—1859),德国作曲家、小提琴家、指挥家。
③ Josef Anton Bruckner(1824—1896),奥地利作曲家、管风琴演奏家、音乐教育家。
④ Gustav Mahler(1860—1911),奥地利作曲家、指挥家。

的不同；如果他不会写作，至少也要拥有能让艾略特和庞德赞许的鉴赏力。

问题是，他已经在福特·马多克斯·福特身上花了那么多时间，福特是真正的大师吗？庞德推崇福特，视其为亨利·詹姆斯和福楼拜的唯一的英国继承者。但如果庞德读过福特的所有作品，他还会坚信自己的论断吗？假设福特真的是个出众的作家，那么，和那五部优秀的长篇小说混杂在一起为什么是那么多垃圾？

他本该专注去论述福特的小说，但他现在觉得福特的其他小说不如他写法国的那些书有趣。对福特来说，最大的幸福莫过于陪在淑女身边，同在法国南部的阳光明媚的屋子里，后门有棵橄榄树，地窖里满是好年头的红酒。福特说，普罗旺斯是所有最雅致、最抒情、最具人性的欧洲文明的摇篮；至于普罗旺斯的女人，会以其热烈的性格、有着鹰钩鼻的姣好容颜让北方女人汗颜。

福特可信吗？他自己以后会亲眼看到普罗旺斯吗？性子暴烈的普罗旺斯女人会注意到他吗，这个出了名的缺乏炽情的他？

福特说，普罗旺斯文明之所以清雅迷人，主要归功于以鱼、橄榄油和大蒜为主的饮食习惯。为了追随福特，他在海格特找到新住处后就不再买香肠了，换成鱼条，用橄榄油而非黄油煎，撒上蒜盐。

他正在写的论文里不会有针对福特的新论点，这已经很清楚了。但他还不想就此罢手。放弃是他父亲的做事方式。他不要变得和他父亲那样。所以他把这项任务坚持下去,用极小的字迹把几百页笔记浓缩成一篇结构有条理、上下有关联的长文。

有些日子里,他坐在伟岸的带穹顶的阅览室里,发现自己因过于乏累或过于厌倦而写不下去时,他就会允许自己享受一下,埋头去看关于南非历史的书,这些书只能在大型图书馆才找得到,诸如两个世纪前在荷兰或德国或英国出版的游记:由达珀、科尔贝、斯巴曼、巴罗和博切尔这些游历开普敦的旅行者所写的回忆录。

这让他有种离奇得吓人的感觉:坐在伦敦,身边有那么多人埋头看自己的书,而他读到的街道——瓦尔斯特拉特街、别腾格拉西特街、别腾辛格尔街——只有他一个人曾经走过。但比开普敦的往日追忆更吸引他的是那些深入腹地的探险故事,勘探者乘坐牛车深入大卡鲁沙漠——乘牛车一连行进数日都看不到一个活人的大沙漠。兹瓦特贝格、吕赖维尔、德韦卡:他读到的是他的祖国,在他心中的祖国。

爱国主义:开始折磨他的就是这个吗?他是在确证自己无法离开祖国生活吗?他离开了当今那个丑陋的南非,刚刚甩净他脚下的尘土,现在是否在渴望旧时的南非,依然有可能是伊甸园的那个南非?当书中提及赖德尔山或贝克街的时候,他周围的这些英国人是否也会有同样的触动?他觉得未必。这个国家,这个城市,早已被裹挟在几个世纪的言辞中了。走在乔叟或汤姆·琼斯[①]走过的街道上根本

---

① Tom Jones 是英国小说家、戏剧家菲尔丁(Henry Fielding, 1707—1754)在发表于 1749 年的小说《弃儿汤姆·琼斯史》的主人公。

不会让英国人觉得离奇。

南非就不一样了。要不是有这几本书,他都不敢确定昔日的卡鲁是不是他想象出来的。这就是他特别投入地读博切尔①的原因,厚厚的两大本。博切尔或许不算福楼拜或詹姆斯那样的大师,但他写的是切实发生过的事。实实在在的牛车把他和他那一箱箱植物标本从大卡鲁沙漠的一个停留点拉到下一个停留点;他和随从们睡觉时,在他们头顶闪耀的是实实在在的星星。哪怕只是去想象一下都会让他晕眩。或许,博切尔和随从们都已经死了,他们的牛车也都化为了尘埃,但他们确凿地存在过,他们的旅程是实实在在的。证明就在他手中,这本《博切尔游记》,存放于大英博物馆的实实在在的书。

如果说博切尔的旅行能被《博切尔游记》证实为真实不虚,为什么别的书籍不能让别的旅程成为真实的,如今只能假设那些旅程真的发生过?这个逻辑推理当然是不对的。然而,他还是愿意一试:写一本像博切尔游记那样有说服力的书,存放在这座足以成为所有图书馆标杆的大图书馆里。如果要使他的书让人信服,在石块上颠簸着、走过卡鲁沙漠的牛车地板下必须有一把油壶晃来晃去,那他就写一把油壶。如果他们中午休息时,背靠的那棵树上必须有蝉鸣,那他就写蝉。油壶摇晃时的嘎吱声、蝉鸣声——他有自信能写好这些细节。难点将在于赋予整本书以一种灵

---

① William John Burchell(1781—1863),英国探险家、自然学者、游记作家。

光——能让它被列入书架进而进入世界历史范畴——真实的灵光。

他并不是在考虑捏造事实。人们以前试过那条路了：假装在乡村老屋的阁楼里发现了一只箱子，箱子里有本泛黄的老日记，受潮的纸页上布满斑点，描述了一场穿越鞑靼沙漠或深入大莫卧儿帝国疆域的远征探险。他对那种骗人的把戏不感兴趣。他面对的挑战是纯粹文学层面的，他要写出这样一本书：在知识面上符合博切尔的时代，亦即十九世纪二十年代，但对周遭世界的感知将是连博切尔都无法企及的鲜活灵动，尽管博切尔精力旺盛，又有智慧又有好奇心，并且很沉着，但因为他是身处异域的英国人，有一半心思是被彭布罗克郡以及被他留在那里的姐妹们占据的。

他将不得不训练自己立足于十九世纪二十年代去写。他需要比如今知道得少，才能成功地完成这一点；换言之，他需要遗忘很多事情。但在他能够遗忘之前，他需要先知道自己应该忘记什么；在知道得更少之前，他先要知道更多。他从哪儿才能得知他需要知道什么呢？他没受过历史学家的训练，而且，不管怎么说，他寻找的内容也不会在历史书里，因为历史书属于世俗大众，和大家呼吸的空气一样平凡无奇。他将从何而知那逝去的世界里的常识，一种谦卑得不知道自己是知识的知识？

十八

后来的事情发生得很快。门厅桌上的信件里有一只标着 OHMS① 字样的浅黄色公函信封,是寄给他的。他把信带回自己房间,心情沉重地拆开信封。公函通知说,他还有二十一天去更新工作许可证,若续签失效,就将取消他在英国联合王国的居留许可。他要带好护照、由雇主填好的1-48号申请表复印件,在工作日的上午九点到十二点半、下午一点半到四点之间,亲自去霍洛威路上的内政部办理续签手续。

也就是说,IBM 把他供出去了。IBM 已向内政部报告他已离职。

他必须做什么?他的钱够买一张回南非的单程票。他会像条夹着尾巴、被打败的狗一样重新出现在开普敦?那是无法想象的场面。再说,他在开普敦有什么可干的呢?继续在大学里当辅导员?那能撑多久?现在申请奖学金的话,他的年龄已经太大了,要和成绩更好、更年轻的学生去竞争。事实是:如果现在回南非,他就永远不能再摆脱南非

---

① 意为:为英王陛下效劳。

了。他会变成那种一到晚上就聚在克里夫顿海滩①上喝酒、谈论自己在伊维萨岛②上的往昔岁月的人。

如果他想留在英国,看来只有两条路可走。他可以咬着牙再去试试当老师;要不然就得回计算机编程业界。

还有第三个选择,但只是想想而已。他可以搬出现在的住处,消失在茫茫人海中。他可以去肯特摘啤酒花(干这活儿不需要证件),也可以去建筑工地打工。他可以在青年旅馆或谷仓里睡觉。但他清楚,这些事他都不会去做。他没那个本事,不敢做法外之徒;他太一本正经了,太害怕被抓。

报上的招聘广告里尽是对计算机编程员的需求。如此看来,英国在这方面的人才供不应求。大部分职位空缺都是在薪酬管理部门。这些他都略过,只应聘大大小小的计算机公司,也就是 IBM 的竞争对手们。不出几天,国际计算机公司就面试了他,他毫不犹豫地接受了这份工作。他欣喜若狂。他又被雇用了,他安全了,没有人可以勒令他离境了。

只有一个难处。虽然国际计算机公司的总部在伦敦,但他们想要他在伯克郡工作,那儿就算乡村了。要先到滑铁卢站,再坐一小时火车,再换巴士才能到那里。不可能住在伦敦,两地通勤,和之前洛桑的情况一模一样。

如果新职员打算买一套大小适度的住宅,国际计算机

---

① 位于南非开普敦。
② 西班牙巴利阿里省的旅游胜地。

公司可以提供贷款作为首付款。也就是说,他只需大笔一挥,就能摇身变作一栋住宅的业主(他!业主!);签字画押,就意味着要还贷,就等于把他之后的十年或十五年绑定在这份工作上。十五年后他都成老头了。只要一个冲动的决定,只要签下字,他就卖掉了自己的人生,卖掉了成为艺术家的一切可能性。在一排红砖小房里拥有一栋属于他的房子,他就能跻身英国中产阶级,毫无痕迹地融入其中。他只需要一个小妻子和一辆小汽车就能让这前景完美无缺了。

他找了个借口,没签购房贷款,而是签约租下了城边一栋房的顶层公寓。房东是个退役军官,现在是证券经纪人,喜欢别人称他为阿克莱特少校。他向阿克莱特少校解释了计算机是什么,计算机编程又是什么,计算机事业的前景是何其光明("这个行业注定会有巨大的发展空间")。阿克莱特少校开玩笑地叫他科学家("我们楼上那套公寓还从没住过科学家呢!"),他毫不客气地接受了这个头衔。

在国际计算机公司工作和在 IBM 时大不相同。首先,他可以把黑西装束之高阁了。国际计算机公司在后院搭建了一间活动屋,装备为计算机实验室,其中有个小隔间是他的独用办公室。那栋房子很大,但规划得很乱,被他们昵称为"庄主大宅",位于布拉克内尔城外两英里落叶缤纷的车道上。应该是栋有故事的老房子,可惜没人知道内情。

虽然挂着"计算机实验室"的头衔,里面却没有计算机。为了测试他编写好的程序,也就是他的本职工作,他得去剑桥大学,因为那儿有一台阿特拉斯计算机,这种计算机世上总共只有三台,而且并非完全相同。他上班第一天的上午就从办公桌上的简介中得知:阿特拉斯计算机是英国计算机界对 IBM 的反击。只要国际计算机公司的工程师和程序员们让样机成功运作起来,阿特拉斯就将成为世界上最大的超级计算机,至少是公开售卖的市场上所能买到的最大型计算机(美国军方有自己专用的计算机,能力未知,属于机密,据推测苏联军方也一样)。阿特拉斯将代表英国计算机产业给 IBM 一记重击,IBM 要用数年才能缓过来。这就是利害攸关之处。为此,国际计算机公司筹建了一支年轻有为的程序员团队,储备在乡间大宅里,现在,他也是其中一员了。

在全世界所有计算机中,阿特拉斯是独一无二的,其特别之处在于它有一种自我意识。它以固定的间歇——间隔十秒,甚或一秒——自我反问:它在执行什么任务?其演算方式是不是效率最高的?如果运算效率不够高,它就会重组任务,用与之前不同的更好的流程执行下去,因而可以省时,也就是省钱。

他的任务是编写让计算机在磁带交替时执行的常规程序。计算机必须自问:它要不要读取另一盘磁带?还是先中断,再读取一张打孔纸卡或一段纸卡带?它应该把积累至此的运算结果记录到新磁带上,还是应该心无旁骛地继续运算?回答这些问题的依据就是至高无上的效率原则。他要精简计算机可读代码的问答过程,并测试能否达到最高效率,为此,他需要多少时间都没问题(但最好是在六个月内,毕竟,国际计算机公司是在和时间赛跑)。他的程序员同事们都有相似的任务,时限也差不多。与此同时,曼彻斯特大学的工程师们将夜以继日地完善电子硬件设备。如果一切都能按照计划进行,阿特拉斯将于1965年内投产。

和时间赛跑。和美国人赛跑。这是他能够理解的,与其让他投身于赚越来越多钱的 IBM 的目标,这一点更能让他全身心地投入工作。编程本身也很有意思,需要独创的想法;若要干得漂亮,还需要熟练掌握阿特拉斯的双层内部语言。他早上来工作的时候,对于等待他的任务抱有热切期待的心情。为了保持精神活跃,他一杯接一杯地喝咖啡;他的心怦然跳动,他的头脑活跃沸腾,他失去了时间概念,得有人叫才会想起吃午餐。晚上,他把文件带回阿克莱特少校家的公寓里,工作到深夜。

他心想:原来是这样啊,连我自己都不知道,以前打的基础就是为了这个!原来数学能把人带到这种境界!

秋去冬来,他几乎没有注意到季节的流转。他不再读诗了,但看了很多关于国际象棋的书,亦步亦趋研习大师棋谱,做《观察者报》上的象棋难题。他睡得不好,有时候做梦都在编程。那代表他内在自我的发展,他用一种超然的兴致旁观这一点。他会变成那种睡觉时都在头脑里解决难题的科学家吗?

他还注意到一件事。他不再渴望了。对将来释放他内心激情的神秘美丽的陌生人的极度企求不再占据他的心神。毫无疑问,有一部分的原因是布拉克内尔无法提供能媲美伦敦那些女孩的景致。但他无法漠视"渴望的终结"和"诗歌的终结"之间的那种关联。这是否说明他在成长?

成长的意思就是告别渴望、告别激情、告别灵魂中所有的强烈意念?

他身边的同事们——无一例外,全是男人——比IBM的同事们更有趣:更活跃,也许也更聪明,而且是他在读书时代可以领会的那种聪明。他们会在庄主之宅的食堂里一起吃午餐。给他们准备的食物都很实在:炸鱼配薯条,香肠配土豆泥,烤面拖牛肉,土豆白菜煎饼,大黄水果馅饼配冰激凌。他喜欢这些菜点,只要可以,他就要双份,把午餐当作一整天里的正餐。晚上回到家(也就是阿克莱特家的租屋,如果可以称作家的话),他懒得做饭,就在棋盘边简单地吃点面包和奶酪。

同事中有个名叫甘纳帕西的印度人。甘纳帕西上班常常迟到;有些日子里他索性不来上班。他来上班的时候,好像也没有很卖力地工作:就坐在他的小隔间里,双脚翘在桌上,显然在梦游。对于旷工,他给出的理由都很草率("我身体不太舒服")。但没有人责怪他。原来,对国际计算机公司来说,甘纳帕西是具有特殊价值的人才。他是在美国读的书,拿到了美国计算机科学的学位。

他和甘纳帕西是这个团队里仅有的外国人。天气好的时候,他们会在午饭后一起去庭院里散步。甘纳帕西对国际计算机公司和整个儿阿特拉斯项目嗤之以鼻。他说,回英国是自己的失误。英国人不懂什么是雄心壮志。他真应该留在美国。南非的生活怎么样?他在南非会有前途吗?

他劝甘纳帕西打消去南非闯荡的念头。他说,南非很落后,没有计算机。他没有对他说,南非不喜欢外来人,除非是白人。

坏天气开始了,凄风苦雨连日不休。甘纳帕西索性不来上班了。既然没人问起缘由,他只能主动去打探。甘纳帕西和他一样,没有选择在这里安家落户。他住在一套三楼的公寓里,那排联排屋是当地政府盖的公房。他敲了门,过了很久都没人来应门。后来,甘纳帕西出来开门了,睡衣外披了件长晨袍,穿着拖鞋。从屋内散发出一股温热的潮气和东西烂掉的臭味。"进来,进来,"甘纳帕西说,"外面太冷了!"

起居室里只有一个电视机柜,前面放了把扶手椅,还有两台开到最大功率的电热器,除此之外没有别的家具。门后放了一堆黑色垃圾袋。臭味就是从那儿来的。门关上后,那股味道实在让人作呕。"你为什么不把垃圾袋拿出去?"他问道。甘纳帕西顾左右而言他,同样,也不说他为什么没去上班。实际上,他好像根本不想讲话。

他有点纳闷,不知道甘纳帕西的卧室里是不是藏了个女孩,就是他在巴士上看到过的住宅区里的售货员或身材娇小的打字员那样的本地姑娘。甚至,还可能是个印度姑娘。也许那才是甘纳帕西旷工的原因:金屋藏娇,有个漂亮的印度女孩和他同居,与其帮阿特拉斯计算机写编码,他宁可和她缠绵,操练密宗体式,一连几小时延缓性高潮的来临。

他打算这就走,但他刚起身,甘纳帕西就摇了摇头。"你要喝点水吗?"他问。

甘纳帕西给他接了点自来水,因为他的茶和咖啡都用完了。他的食物也吃光了。除了香蕉,他不买别的吃食,原来,那是因为他不做饭——不喜欢做饭,也不会做。垃圾袋里装的大部分都是香蕉皮。他就是靠这些过活的:香蕉、巧克力,还有茶,如果家里还有茶的话。这并不是他想要的生活。在印度,他住在家里,他的母亲和姐妹们会照顾他。在美国俄亥俄州的哥伦布市,他住在他所谓的宿舍里,食物会定时摆放在桌上。如果在两顿饭间饿了,出去买个汉堡包就好了。宿舍外的街上就有一家二十小时营业的汉堡包店。在美国,店家总是开门的,不像在英国。他真是万万不该回英国来,这是个没有未来的国家,连供暖系统都形同虚设。

他问甘纳帕西是不是病了。对于他的关心,甘纳帕西不置可否:他穿晨袍就是为了保暖,这样就可以了。但他不相信。既然他知道香蕉的事了,就有了一种新眼光去看待甘纳帕西。甘纳帕西瘦小得像只麻雀,没有哪怕一盎司多余的肉。他的脸色很憔悴。就算他没有生病,至少也在挨饿。看看吧:在布拉克内尔,在伦敦周边的各郡中心,有个男人在忍饥挨饿,就因为他太无能了,连喂饱自己都做不到。

他请甘纳帕西第二天来吃午饭,详尽地告诉他怎样去阿克莱特少校家。然后,他出去找了一家周六下午还营业的店铺,买了些必要的食材:塑料袋装的面包,冷食熟肉,冷冻豌豆。第二天中午,他把菜点摆上桌后等客人来。甘纳帕西没来。因为甘纳帕西没有电话,所以,除了把午餐送去甘纳帕西家,他就无计可施了。

太荒唐了,但也许这正是甘纳帕西想要的:把食物送到他手边。和他自己一样,甘纳帕西也是个被宠坏的聪明孩子。也和他自己一样,甘纳帕西逃离了他母亲,以及母亲给的那种令人窒息的安逸。不过,就甘纳帕西而言,这种逃离好像已用尽了他的精力。现在,他只是等着有人来救他。他想要母亲来救他,或是别的像母亲那样的人。否则,他只会在自己垃圾遍地的公寓里衰竭而亡。

国际计算机公司应该对此有所耳闻。公司把一项关键的任务指派给了甘纳帕西:用于工作排程的常规程序的操作规则。要是甘纳帕西倒下了,整个儿阿特拉斯项目都会因此延误。可是,该怎样让国际计算机公司明白甘纳帕西的症结所在呢?哪个英国人能够理解,是什么原因让人们从天涯海角而来,死在这个潮湿又凄凉、他们不仅厌恶而且没有牵连的岛国?

第二天,甘纳帕西和平常一样坐在办公桌边。他没有解释自己为何爽约,一个字也没说。午餐时,在食堂里,他看起来挺精神的,甚至挺兴奋。他说,他参加了莫里斯迷你汽车的抽彩活动。他买了一百张兑奖券——要不然他怎么能花掉国际计算公司付给他的高薪呢?要是他中奖了,就能开车一起去剑桥大学测试程序,不用再搭火车了。他们也可以开车去伦敦玩一天。

这件事当中是不是有些他没能领会的东西,某种很印度的东西?甘纳帕西是不是属于那种在西方人家里吃东西就触犯禁忌的种姓?如果是这样,他怎么能在庄主之宅的食堂里好端端地面对一盘鳕鱼配土豆片?他的午餐邀请是不是该正式一点,用手写的邀请函再次确认一下?甘纳帕西是不是用爽约的方式,委婉地替他解围:以免他一时冲动、而非真心邀请的客人出现在门口?他是不是在邀请甘纳帕西的时候,不知为何,给对方留下了一种印象:这不是真正的、言出必行的邀请,而不过是种姿态,而甘纳帕西认为:真正的有礼有节意味着认识到对方只是摆出邀请的姿态,但绝不会麻烦邀请者当真摆一桌饭菜?在他和甘纳帕西的交往中,这顿仅在意念中存在的午饭(冷食熟肉、用黄油炖熟的冰冻豌豆),和真正共进午餐时确实被吃掉的冷食熟肉和炖豌豆,具有同等价值吗?他和甘纳帕西之间的关系和以前一样吗,还是变得更好或更不好了?

甘纳帕西听说过萨蒂亚吉特·雷伊,但印象中没有看过他的电影。他说,只有极小众的印度人才会对这种电影感兴趣。他说,总体而言,印度人更喜欢看美国电影。印度电影仍是非常粗制滥造的。

如果这算比泛泛之交更深入一点的认识,那甘纳帕西就是他认识的第一个印度人——下象棋,比较英国哪里不如美国的谈话,再加一次去甘纳帕西的公寓的不速之访。假如甘纳帕西不只是聪明,还有点睿智的话,他们的谈话无疑会更有内容。有些人可以像计算机从业人员那样聪明,但对外界的兴趣仅在于对汽车和房价,这始终让他讶异。以前,他认为这只是英国中产阶级那臭名远扬的市侩,但甘纳帕西也好不到哪儿去。

因为和机器打交道太多,制造出思考的表象,才会生发出这种对世界的冷漠吗?如果有一天他离开了计算机领域,重返文明社会,他会有怎样的表现?在和机器的较量耗费了那么多最精华的精力之后,他还能在谈话中保持他的本真吗?经年累月和机器打交道会让他得到什么?起码能学会逻辑思考吧?多年以后,逻辑会变成他的第二天性吗?

他愿意相信情况会变成那样,但他不能。最终,可以被一台计算机的线路实现的任何形式的思考都不再能让他心存敬意。他和计算机打交道越多,就觉得那越来越像下棋:一个封闭的小世界,由凭空设定好的规则所限定,那些天性易受影响的大男孩一旦受其吸引而沉迷进去,就会变得半疯半傻,就像他这样,以至于一直误以为自己在玩游戏,但他们被蒙蔽了,实际上是游戏在玩他们。

那是一个他可以逃脱的世界——现在逃也不算太晚。另一种选择是与之和平共处,就像他身边的年轻人那样,一个接一个结婚成家,买房买车,安于现实生活所能给予的一切,把精力投入工作。他懊丧地目睹了现实原则是多么有效,在孤独的刺激之下,满脸痘印的男孩是如何勉强接受了头发暗沉、腿很粗的女孩,到最后,无论可能性有多小,每个人都能找到一个伴侣。这是他的问题吧——很简单:一直以来,他都高估了自己在恋爱领域里的价值,哄骗自己相信他和女雕刻家、女演员注定是同类,而实际上,和他般配的就是住宅区幼儿园里的老师,或是鞋店里的见习女经理?

婚姻:谁能想象到,他也会感受到婚姻的牵扯,哪怕力道很微弱!他不打算让步,暂时还不。但在漫长的冬夜黄昏,坐在阿克莱特少校家的煤气炉前吃着面包和香肠,伴着敲打窗玻璃的雨声,他听着广播时,确实玩味过婚姻这个选择。

十九

下雨。食堂里只有他和甘纳帕西两个人,他们用甘纳帕西的袖珍棋盘下快棋。甘纳帕西快赢了,一如往常。

"你应该去美国。"甘纳帕西说,"你在这里就是浪费时间。我们都在浪费时间。"

他摇摇头,答说:"那不现实。"

他不止一次想过试试去美国找工作,但最终决定不那么做。一个慎重的决定,但很正确。作为程序员,他没有高人一等的天赋。他在阿特拉斯项目组的同事们可能没有高等学位,但他们的头脑都比他活络,他们对计算机的各种问题理解得更快、更敏锐,令他望尘莫及。讨论问题的时候,他几乎不能应答如流;他总是假装明白,其实并不都懂,讨论完了他再自己琢磨。美国的商业公司为什么会要他这样的人呢?美国又不是英国。美国是强硬的、无情的:如果出现奇迹,他在美国混到了一份工作,很快就会露出马脚的。况且,他读过艾伦·金斯伯格①,也读过威廉·巴勒斯②。

---

① Allen Ginsberg(1926—1997),美国诗人,垮掉派代表人物,代表作《嚎叫》。
② William Burroughs(1914—1997),美国小说家,散文家,社会评论家,垮掉派代表人物,代表作《裸体午餐》。

他知道美国是如何对待艺术家的：把他们逼疯，关起来，赶出去。

"你可以去大学申请研究基金，"甘纳帕西说，"我就得到过一次，你不会有问题的。"

他直瞪瞪地盯着他看。甘纳帕西真的是如此天真的人吗？冷战正在持续。美国和苏联为了得到印度人、伊拉克人、尼日利亚人全心全意的支持而争斗不休；提供大学奖学金也是他们诱惑人才的办法。他们对白人的支持没兴趣，对非洲的极少数小众白人的支持显然更没兴趣。

"我会考虑的。"他说完，改变了话题。他根本不打算考虑这件事。

《卫报》头版，照片上穿着美军制服的越南士兵无助地凝视一片火海。标题写着：歼灭式突袭美军基地。一组越共工兵穿过波来古美国空军基地周围的铁丝网，炸毁了二十四架飞机，引燃了燃油库。他们在这次行动中全部丧生。

让他看这份报纸的甘纳帕西高兴极了；而他有一种扬眉吐气的冲动。自从他来到英国，英国报纸和英国广播公司一直播报的是美军战功显赫，越共死伤数千，美军毫发未伤。就算对美国有些许异议，也是以最温和的隐晦方式传达出来的。那些战况报道太让他嫌恶了，简直读不下去。现在，越共作出了无可否认的、英勇的回复。

他和甘纳帕西从没讨论过越战。因为甘纳帕西是在美国念书的，他一直以为甘纳帕西是亲美的，要不就像国际计算机公司里的其他人那样对这场战争漠不关心。但现在，他突然从他的笑容、他眼中的光彩中窥见了甘纳帕西秘不示人的另一面。虽然甘纳帕西赞赏美国人的高效、奢望美国的汉堡包,但他站在越南的一边,因为越南人是他的亚洲同胞。

也就这样了。到此为止。他们没有再提起过这场战争。但他比以前更想知道,甘纳帕西为什么会在英国、在伦敦周边乡郡,搞一个他压根儿不看重的项目?他去亚洲和美国人做斗争不是更好吗?他该不该和他聊聊,把这种想法告诉他?

那他自己呢?如果甘纳帕西的宿命注定在亚洲,他的宿命又在何方?越共会不管他的出身,允许他为其效力吗?就算不能做个士兵或自杀式炸弹袭击者,做个卑微的脚夫总行吧?要是连这都不行,越共的盟友国,比如中国,会接受他吗?

他给伦敦的中国大使馆写了信。他估计中国人还没开始使用计算机,因而没有提及计算机编程。他在信里说,他准备好去中国教英语了,为世界斗争做一点贡献。报酬对他不重要。

他寄出信,等待回复。与此同时,他买了一本《汉语自学手册》,开始练习普通话拗口的古怪发音。

一天又一天过去了,中国人没有回复。是英国的特工组织截获并销毁了他的信吗?他们会不会把所有寄往中国大使馆的信件都截获并销毁?如果是这样,让中国在伦敦设立大使馆还有什么意义呢?又或者,特工组织在截获他的信之后,把信转给内政部,并附言说明:这个在国际计算机公司布拉克内尔分部工作的南非人暴露出了共产主义倾向？他会因为政治因素丢了工作吗,会被驱逐出英国吗？如果真的发生这种事,他不会为自己争辩。命运将出声表态;他准备好接受命运的指示。

去伦敦的时候,他还是会去电影院,但他的视力下降了,越来越败坏看电影的乐趣。他必须坐在前排才能看清字幕,哪怕在前排,他都要眯起眼睛。

他去眼科挂号,配了一副黑色角质框架眼镜。镜子里的他越发像阿克莱特少校打趣所称的科学家了。另一方面,从窗户看出去的时候,他惊讶地发现自己能看清树上的每一片叶子。从他记事以来,树就一直是一团模糊的绿色。他早就应该戴眼镜了吗？这是不是能解释为什么他的板球打得那么糟糕,为什么球好像总是突如其来地窜到他面前？

波德莱尔说过,我们终将变成自己理想中的样子。生来就有的面容慢慢地被我们渴望拥有、隐秘于我们梦中的面孔所取代。镜中的这张脸,有着柔弱的嘴唇和被镜片遮掩的空茫的眼睛的悲哀长脸,就是他梦想的面容吗？

他戴着新配的眼镜看的第一部电影是帕索里尼的《马太福音》。这次观影的感受令人不安。他在天主教学校念过五年书,曾以为自己永远不会再被基督的启示所打动了。但他确实被打动了。电影里那个骨瘦如柴、苍白的耶稣在别人触摸时向后退缩,赤着脚迈出大步,说出预言和谴责,从某种角度说,这是比那个心肠太软的耶稣更真切的耶稣。当钉子被砸进耶稣的掌心时,他畏缩了;当耶稣的坟墓空空如也,天使向哀悼的女人们宣布"莫望此处,因他已复活",《卢巴弥撒曲》响起,腿瘸身残的、被鄙视和被弃绝的民众跑着跳着,面带欢笑地共庆这一喜讯时,他的心激动难耐;他无法理解的欣喜的眼泪流淌到脸颊上,他只能偷偷抹去泪水,才敢重回现实世界。

还有一次进城的时候,他在查令十字街附近的一家二手书店的橱窗里看见一本厚厚的紫色封面小书:奥林匹亚出版社出版的萨缪尔·贝克特的《瓦特》。奥林匹亚出版社声名狼藉:他们躲在犹如安全的避风港的巴黎某处,为英国和美国的订购者们印制英语色情作品。但作为副业,这家出版社也出版了先锋派最前卫大胆的作品,比方说弗拉基米尔·纳博科夫的《洛丽塔》。著有《等待戈多》和《最后一局》的塞缪尔·贝克特不太可能写色情作品。那么,《瓦特》究竟是本什么样的书呢?

他翻看了这本书。和庞德的《诗章》一样,这本书用的是有衬线、很饱满的字体,这种字体会促使他感受到亲密和坚固。他买了这本书,带回阿克莱特家的公寓。从第一页开始,他就知道终于遇到了有价值的东西。靠在床上,借着窗外的光线,他读啊读啊。

《瓦特》和贝克特的剧作不太一样。没有冲突,没有矛盾,只有娓娓道来的一个叙述声,讲述了一个故事;叙述声不断地遭到怀疑和顾虑的质疑,叙述的速度刚好匹配他自己的思绪进展。《瓦特》还很好笑,以至于他会笑到前仰后合。读完后,他又重新从头读起。

为什么大家没有告诉他,贝克特也写小说呢?既然贝克特一直在写小说,而他还想写福特那样的作品,这简直难以想象了。在福特的书里始终有一种妄自尊大的因素,那和福特很看重自己知道要买到最好的驾驶手套应该去伦敦西区的哪家店、如何区分梅多克和波恩葡萄酒有关,那是他很不喜欢的,但一直犹豫着不想坦承;而贝克特是没有阶级感的,或者说,置身于阶级之外,他自己也愿意这样。

要在剑桥大学的阿特拉斯计算机上测试他们编写的程序,只能趁着有优先使用权的数学家们睡觉时进行,只能在夜里。所以,每隔两三周,他就要搭火车去剑桥,带着一包文件、一卷卷打孔纸带,还有他的睡衣和牙刷。在剑桥,他住在皇家酒店,费用由国际计算机公司承担。从晚上六点到凌晨六点,他在阿特拉斯计算机上测试程序。清晨回到酒店,吃过早餐,再上床休息。下午他可以自由安排,在城里四处逛逛,也许去看场电影。然后就到夜班工作时间了,他要回到数学实验楼——阿特拉斯计算机就存放在那栋飞机库般的巨大建筑物里。阿特拉斯,夜间限定时段。

这种日程正中他下怀。他喜欢坐火车,喜欢酒店房间的私密性,喜欢丰盛的英式早餐:有培根、香肠、鸡蛋、吐司、橘子酱和咖啡。他也不用穿正装,因而轻易地混迹于街上的学生族中,甚至看起来也像个大学生。而且,和庞然的阿特拉斯计算机共事一整晚,除了值夜班的工程师就只有他一个人,看着他亲手写的计算机编码飞快地卷进读码器,看着在他亲手操纵下,磁带开始转动,控制台上的小灯开始闪烁,这都带给他一种权力感,他知道这很幼稚,但也没别人看到，他尽可安全无虞地得意一下。

有时候，为了和数学系的专家们讨论问题，他不得不在数学实验楼逗留到上午。因为阿特拉斯计算机软件系统中的每一样真正新奇的元素都不是国际计算机公司开创的，而是出自剑桥大学的几位数学家之手。从某种角度看，他只是剑桥大学数学系聘用来实现其创想的计算机专业程序员团队中的一员，以同样的角度去看，国际计算公司是曼彻斯特大学为了依据其构想建构出一台计算机而雇佣的工程师们所组成的公司。从这个角度再看自己，他不过是个训练有素的工人，拿的工资是大学给的，并不是能与这些才华横溢的年轻科学家平起平坐、有资格发言的合作者。

他们确实才华横溢。有时候他会摇摇头，不敢相信眼前发生的一切。瞧瞧自己吧，一个毕业于殖民地二流大学本科的泛泛之辈，竟能和数学博士们搭上话，他们还允许他以名字称呼自己；而他们一旦聊起来，他就只有晕头转向的份儿。他一连几星期苦苦琢磨的问题，他们在眨眼间就能解决。他们常常能看透他以为的问题，并一眼看出真正的症结所在；为了给他留面子，他们会假装以为他也看出来了。

这些人是真的迷失在计算机逻辑的高深领域，以至于看不出他有多蠢吗？还是——出于他不明白的原因，毕竟在他们看来他只是无名之辈——他们仁慈的体恤，留意着不让他在他们面前丢脸？这就是文明吗：一种不言自明的约定，不该让任何人丢面子，无论多么不起眼的小人物？他可以相信在日本是这样的，那么，在英国也这样吗？无论如何,这真让人赞赏!

　　他在剑桥,一座古老而悠久的大学校园里,与伟人们相谈。他们甚至把数学实验楼的钥匙给了他,边门的钥匙,好让他自由进出。他还奢望什么?但他必须警惕,不要得意忘形,不要有不切实际的妄念。他在这里只是幸运,别无其他原因。他永远不可能在剑桥进修,他绝不可能优秀到赢取奖学金。他必须继续把自己看成一个受雇的帮手;否则,他就将成为一个招摇撞骗的家伙,就像裴德·福雷①在让人梦寐以求的牛津大学那些尖顶教学楼之间只是个冒牌货。也就是这阵子吧,他就将完成任务了,将不得不交还钥匙,不再造访剑桥。但趁着他还可以,让他至少享受一下吧。

---

①　哈代的小说《无名的裴德》中的主人公。

二十

这是他在英国的第三个夏天了。午餐后,他和别的程序员们会在庄主之宅的后草坪上玩板球游戏,用的是一只网球和在扫帚间找到的一支旧球棒。他从学校毕业后就没打过板球了,那时他决定不再打,是因为团队运动和诗人、知识分子的生活很不搭调。现在他却惊讶地发现自己依然很喜欢这项运动。不仅仅是喜欢,他打得也很好。小时候费力又徒劳地想要掌握的挥球动作都自动回来了,但轻松又流畅的感觉是崭新的,因为他的手臂更强壮了,也因为没道理再害怕这颗柔软的小球了。不管是作为击球手还是投球手,他都比球伴们强,强多了。他在心里自问,这些英国青年在学校里都是怎么过的?还要他,一个殖民地来的人,教他们怎么打好他们的国球吗?

他对象棋的迷恋渐渐消退了,他又开始看书了。虽然布拉克内尔图书馆很小,藏书也很不充足,但不管他想看什么,管理员都愿意帮他从别的郡县图书馆借调过来。现在他在读逻辑史,想验证一种直觉里的观点:逻辑是人类发明的一种产物,不是构成存在的脉络,因此(还有很多中间环节,但他可以以后再补充),计算机只是一些(以查尔斯·

巴贝奇①为代表的)大男孩为了让别的大男孩们娱乐而发明出来的玩具。他可以确信,还有许多其他类型的逻辑(但究竟有多少种?),每一种都和非此即彼的逻辑一样好。他赖以谋生的这个玩具会带来一种威胁:把非此即彼的概念深深烙印在使用者的脑子里,因而不可挽回地将他们束缚于二元逻辑中,这就让它不仅仅是玩具了。

他专心研读了亚里士多德、彼得吕斯·拉米斯②和鲁道夫·卡尔纳普③。大部分内容他都读不懂,但他已经习惯了不懂。他眼下只想找出一个结果:在哪个历史瞬间,非此即彼的二元观被选中了,而彼此皆可或不可的多元观念则被弃用?

空闲的晚上,他有自己的书要看,自己的项目要做(关于福特的论文现已接近完成,还要拆解逻辑学);中午有板球打,每隔一两个星期就在皇家酒店歇息一下,并享受和阿特拉斯——世上最令人敬畏的计算机——单独相处一整夜的奢侈。如果你只能过单身汉的日子,那还有比这更棒的单身汉生活吗?

只有一片阴影。距离他写出最后一行诗句已经过去一年了。他是怎么了?艺术真的只能源自痛苦吗?为了写作,他必须回到痛苦中去吗?难道就没有一种出自狂

---

① Charles Babbage(1791—1871),英国数学家、发明家,毕业于剑桥大学,于1812—1813年初次想到用机械来计算数学表;后来,他制造了一台小型计算机,能进行八位数的某些数学运算。
② Petrus Ramus(1515—1572),法国逻辑学家、哲学家、修辞学家。
③ Rudolf Carnap(1891—1970),德裔美籍哲学家,逻辑实证主义的主要代表。

喜——甚而是以午休时段的板球游戏出现的喜悦——的诗歌吗？只要是诗,从哪里找到创作动力重要吗？

虽然阿特拉斯不是用来处理文本材料的计算机,但他在万籁俱寂的深夜,依据纳塞尼尔·塔恩的英译本,把《马克丘·皮克丘之巅》①中最有震撼力的聂鲁达式的词汇做成清单,让阿特拉斯打印了数千行,作为自己的私人词库。他把这厚厚一沓打印纸带回皇家酒店,反复研读。"茶壶的乡愁。""百叶窗的激情。""狂怒的骑手。"如果他眼下写不出发自肺腑的诗歌,如果他的心神不在状态,无法诞生自己的诗篇,他至少可以把计算机生发的词组组织起来,串成仿真的诗歌,并且,通过模拟写作的方式,重新学会写作吗？借用机器来写作,这对其他诗人、对作古的大师们来说公平吗？超现实主义作家把字词写在小字条上,扔进帽子里,摇晃一番之后,从中随意地抽出字条,拼凑成句。威廉·巴勒斯把纸页剪碎,混在一起,再随意拼凑起来。他在做的事不也是与其类似吗？抑或是他所用的巨能资源——全英国乃至全世界还有哪个诗人能操控这等规模的机器——将数量转变成了质量？然而,以后或许会有人争辩说:通过让作者和作者的心神状态变成无关宏旨的小事,计算机的发明是否改变了艺术的本质？他在第三套节目中听过科隆广播电台制作的音乐,那是用电子啸音、噼啪声响、街头声响、老唱片里的一小段、演说的片段拼贴而成的。难道,现在不是诗

---

① 智利诗人聂鲁达发表于1946年的诗作,是聂鲁达最有影响、发表次数最多的作品之一。

歌赶超音乐的时候?

他把自己拼贴再创作的聂鲁达式诗歌寄给了开普敦的一个编辑朋友,那些诗就发表在朋友编的杂志上了。一家当地的报社转载了计算机诗歌中的一首,配了一段极尽嘲讽的评点。在那一两天的开普敦城里,他的名声很坏,成了一个想用机器替代莎士比亚的野蛮人。

除了剑桥和曼彻斯特的两台阿特拉斯之外,还有一台安置在奥尔德马斯顿城外的国防部原子武器研究站里,距离布拉克内尔不远。只要软件经由剑桥的阿特拉斯测试并认可,就将被安装在奥尔德马斯顿的那台机器上。编制这个软件的程序员,就会被指派去负责安装软件。但是,这些程序员首先要通过安全审查。每个人都要填一份很长的问卷表,问题涉及家庭、个人背景和工作经验;每个人都要接受家访,来访者自称警方,但更有可能来自军方情报机构。

所有英国籍程序员都通过了审查,发放了带照片的胸卡,他们进入国防部的时段里要一直挂在脖子上。他们在奥尔德马斯顿的大门口出示胸卡后,会在内部人员陪同下进入计算机楼,之后就基本上能自由走动了。

然而,他和甘纳帕西是绝无可能通过审查的,因为他们是外籍,或是用甘纳帕西的话来说:非美国籍的外籍。在大门口有专门指派给他们的卫兵,他们走到哪里,卫兵就陪到哪里,始终站在一旁监视他们,不能和他们交谈。他们上厕所,卫兵就站在小隔间门外;他们吃饭,卫兵就站在他们身后。不允许他们和国际计算机公司同事之外的任何人交谈。

现在回想起来,他在IBM时曾介入庞弗雷特先生的工作、间接参与TSR-2轰炸机的研发项目简直太微不足道了,甚至有点可笑,所以他没有良心不安,很容易就摆平了心态。好比小巫见大巫,在奥尔德马斯顿这儿完全是另一码事。几星期内,他在那儿总共待了十几天。在他收工之前,作业排程程序的磁带一直稳定运行,就像在剑桥的机器上那样。他的任务完成了。毫无疑问,别人也能安装这个程序,但不会像他那样熟练,因为是他本人编写的程序,他对它了如指掌。别人也可以胜任这个工作,但没有别人来干这件事。虽然他完全可以提出恕不奉陪的要求(比方说,他可以投诉那种极其难受的工作条件:一举一动都受到面无表情的卫兵的监视,这无疑会对他的精神状态造成某种影响),但他没有这样申诉。庞弗雷特先生的事可以一笑而过,但他不敢自欺欺人地把奥尔德马斯顿的事当作儿戏。

他从来不知道有奥尔德马斯顿这样的地方。就整体气氛来说,这儿和剑桥截然不同。和所有别的隔间以及隔间里的陈设一样,他工作的隔间只具有功能性,材质廉价,模样丑陋。由零散、低矮的砖房组成的整个儿基地都很丑陋,是那种知道不会有人看或根本不想看的地方所特有的丑陋;也可以说是一个知道战争来临时将注定被夷为平地的地方所特有的丑陋。

毫无疑问,这儿有聪明人,和剑桥的数学家们一样聪明,或相差无几。毫无疑问,他在走廊里瞥见的一些人——

行动督导,调研军官,一级、二级、三级和高级技术军官——也就是不允许他与之交谈的那些人,他们都是剑桥毕业的。他正在安装的程序是他自己编写的,但程序背后的整体规划是由剑桥的专家们完成的,那些人不可能不知道数学实验楼里的计算机还有一个在奥尔德马斯顿的邪恶的亲姐妹。剑桥那些人的手比他的双手干净不了多少。不管怎么说,只要他走过了这些门禁,呼吸了这里的空气,他就助长了军备竞赛,变成了冷战中的一个帮凶,而且还站在了错误的一边。

不像他读书时那样,如今的测试似乎不再有提前通知,甚而不会公开表明是测试。但在这种情况下,你就很难用"没有准备好"作为借口了。自从第一次说出奥尔德马斯顿这个词的那一刻起,他就知道奥尔德马斯顿将是一场测试,而且他不会及格,他欠缺通过测试所需的必要条件。因为在奥尔德马斯顿工作,他就将自己拱手给了邪恶,从某种角度看,甚至比他的英籍同事们更该受到惩罚,因为如果英籍同事拒绝参与这项工作,他们在事业前景上所冒的风险将比他大得多,他只是在英美和苏联两方对峙的这场争斗中的一个过客,一个局外人。

体验。这就是他在为自己辩解时意欲仰仗的词。艺术家必须尝试一切体验,从最高尚的到最堕落的。正如体验最高超的创作喜悦是艺术家的宿命,他也必须准备好承担他人生中所有的悲苦、卑劣和耻辱。正是以体验的名义,他忍受了伦敦的一切——在IBM死气沉沉的日子,1962年的寒冬,一场又一场令人颜面尽失的恋情:所有这一切,诗人生命中的各个阶段,都是对他灵魂的测试。奥尔德马斯顿也一样——他工作时置身于可悲的小隔间,里面只有塑料家具,前景是锅炉的背面,背后有个武装卫兵——可以仅仅被视为一种体验,在他深入深渊的旅程中的另一个阶段。

这个自辩的理由从未令他信服。那是诡辩,仅此而已,卑鄙的诡辩。如果他要继续用这套自欺欺人的自我辩词——就好比声称和阿斯特丽德以及她的泰迪熊同床共枕是为了了解何为道德败坏——说那只是为了掌握智识败坏的第一手素材,那这种诡辩就更卑鄙了。这是不言自明的,如果不留情面地说出大实话,那么:这种不言自明本身就是不言自明的。至于不留情面地说实话嘛,那也不是很难学会的花招,反而是世间最简单的事。有毒的癞蛤蟆对自己是无毒的,同样,人很快就会长出硬壳,以免被自己的诚实所伤。让理由和说辞都去死吧!最要紧的是做正确的事,无论是出于正确还是错误的理由,或根本没有理由。

琢磨出该做什么正确的事并不难。他不需要想太久就能知道何谓正确的事。只要他愿意,他能够以分毫不差的精确度去完成正确的事。让他迟疑的是:他能否在做该做的事情的同时,继续做个诗人?当他尝试一遍又一遍去想象:做该做的事时,什么类型的诗歌会涌上心头,他却只能看到一片空白。正确的事是乏味的。他因此处在了两难境地:与其乏味,他宁可做个坏人;但对那种宁可坏也不愿乏味的人,他又毫无敬意,对那种能够将他的两难简明扼要地付诸言辞的小聪明也毫无敬意。

虽然有板球和书籍,虽然他窗下的苹果树上的小鸟总是欢乐地啁啾鸣叫着迎接朝阳,但周末仍是难熬的,尤其是周日。他很怕周日清早醒来的时刻。是有一些例行之事能帮人消磨周日,诸如出去买报纸,坐在沙发上看报纸,剪下报上的象棋难局。但报纸顶多帮他撑到上午十一点多;再说了,连周日增刊都看未免太明显是在打发时间了。

他是在打发时间,他打算把周日消磨掉,好让周一快点来到,周一上班就能解脱了。但从更宽泛的层面来说,工作也是消磨时间的一种方法。自从他在南安普顿上岸后,他所做的每一件事都是在消磨时光,因为他在等待命运降临。命运不会在南非降临于他,他对自己这样说过;命运女神只会在伦敦或巴黎,甚或维也纳来到他身边(像新娘那样!),因为命运女神只可能停驻在欧洲的大城市里。他在伦敦等了快两年,受了两年罪,命运女神始终没来。现在,他不够强大,在伦敦忍不下去了,退到了乡村,一种战略性的撤退。命运会不会造访乡间,哪怕是英国的乡间,哪怕从滑铁卢坐火车过来都用不了一个小时呢?这事儿说不准。

当然,他在心里是知道的:命运不会降临于他,除非他迫使她这样做。他必须坐下来写作,只有这么一个办法。但是,时机不到,他就没法开始写,不管他多么一丝不苟地做好准备:把桌子擦干净,调好台灯的位置,在空白纸页一边画好留白的直线,闭着眼睛坐在那里,清空头脑里的杂念——哪怕做完这一切准备工作,他的脑海里也不会有词句出现。或者不妨这么说,会有很多词句出现,但没有合适的字眼,没有他能从其内涵的分量、优雅而平衡的句式中立刻辨识出来那就是他想要的句子:命中注定的一句话。

他痛恨这种和空白稿纸对峙的场面,痛恨到了开始逃避的程度。他无法忍受在每次毫无成果的努力之后降临的沉重的沮丧,无法忍受意识到自己又一次失败了。最好不要用这种方式伤害自己,一次又一次的。你可能变得太软弱、太自卑,因而不再能够在那种召唤来临时做出回应。

他很明白,自己作为作家的失败,和作为情人的失败是如此雷同,以至于两者可能根本就是一码事。他是男人,诗人,创造者,主动的一方;男人是不该等待女人靠近的。相反,女人才应该等待男人。直到王子亲吻才醒来的是女人;在阳光的拥抱中绽放的蓓蕾是女人。除非他发自本愿地主动行动,否则无论在爱情还是艺术方面,什么都不会发生。但他不信赖这种意愿。正如他无法发自本愿地写作,硬要等待某种外部力量的援助,亦即俗称缪斯的神力,同样,如果没有什么暗示(来自哪里?——来自她?来自他内心?来自上苍?)能说明某个女人就是他命定的那位,他就无法仅仅靠意愿让自己接近她。如果他接近一个女人是出于任何其他的想法或情绪,结果就会夹缠不清,就像和阿斯特丽德的那种下场,那种夹缠不清是纠缠尚未展开时他就尽力避免的。

还有一种更残忍的表达方式,说的是同一个意思。实际上有千百种表达方式,他可以终其一生去加以罗列。但最残忍的说法是他害怕了:害怕写作,害怕女人。他尽可对他在《界限》《日程》上读到的诗作扮个苦脸,但它们至少在杂志上,至少被刊印发表了。他怎会知道写出那些诗的人是否多年面对白纸,坐立不安,和他一样总也不满意?他们是坐立不安,但之后终于镇定下来,尽其所能写出最好的作品,写出必须被写出来的作品,然后寄出去,忍受被退稿的羞辱或另一种同等的耻辱:眼看着自己过度宣泄的情感被无情地印成黑底白字,却只能暴露自己情感贫乏的真相。那些人会以同样的方式找到借口和地铁里的漂亮姑娘搭讪,无论那些借口是多么蹩脚;如果一个姑娘扭头就走,或用意大利语和朋友说句讥讽的话,被如此拒绝之后,他们会找到默默忍耐的方法,第二天再换种搭讪的借口,在另一个姑娘那儿再试一次。事情就是这样办成的,世界就是这样运作的。总有那么一天,这些人,这些诗人,这些情人,将被幸运眷顾:总会有个女孩会回应他,无论她是不是美丽不可方物,一件事引生出下一件事,他们的生活就将被改变,两个人都是,世事就是这样。要做情人,要当作家,除了傻气十足、不管不顾的坚持、做好一次又一次失败的准备,难道还需要更多条件吗?

他的毛病在于他不准备接受失败。每一次尝试,他都想拿到A或优或一百分,还有手写在空白处的大大的"优秀"二字!荒谬!幼稚!他不需要别人来告诉他这一点:他自己心知肚明。然而。然而他不想承认。今天不行。也许明天。也许他明天会有这种心情,会有这种勇气。

如果他能多一些暖意,就将发现一切都更容易把握:生活,爱情,诗歌。但他的天性里没有暖意。而且,诗歌不会发自于温暖。兰波不够暖心。波德莱尔也不算暖。没错,需要的其实是炽烈——生活中的炽热,爱情中的炽热——但不是温暾。他也有能力达到炽热,他从未停止过坚信这一点。但就当下而言——时限不确定的现在——他是冷的:冰冷的,封冻了。

这种热度不够、心意不足的状况会有什么样的结果?结果就是:一个周日的下午,奶牛在田野里哞哞叫,半空悬浮着一层灰雾,他独自坐在伯克郡乡间深处一栋乡宅顶楼的房间里,和自己下棋,变老,等待夜幕降临,好让他心安理得地去煎晚餐要吃的香肠和面包。十八岁时,他或许曾是个诗人。现在,他不是诗人,不是作家,不是艺术家。他是一个计算机程序员,二十四岁的程序员,在一个没有三十岁程序员的世界里。到了三十岁,做程序员就太晚了:你得让自己去做别的事——当某种生意人——或是开枪自杀。只是因为他年轻,因为他大脑里的神经元尚且能够可靠无误地运作,他才能在英国计算机产业、在英国社会、在英国本土有微小的立足之地。他和甘纳帕西就像硬币的两面:甘纳帕西在挨饿,不是因为他切断了和祖国印度的所有关联,而是因为他不好好吃饭,虽然有计算机科学的硕士学位,但他不懂维生素、矿物质和氨基酸,不仅如此,他还把自己逼进了一个路越走越窄的残局,每走一步都在捉弄自己,越走越逼近死角,败局已定。用不了多久,救护车就会开到甘纳帕西的公寓楼下,车上的人会把他抬到担架上抬出来,还在他脸上蒙上床单。他们来接甘纳帕西的时候,索性把他也带走吧。